中公文庫

綴る女

評伝・宮尾登美子

林真理子

中央公論新社

前書き

つい最近のこと、額に入った一枚の写真が出てきた。それは「第三四回ＮＨＫ紅白歌合戦　特別審査員記念」とあるから、今（令和元年）から三十六年前のことになる。昭和五十八年のことだ。

ざっと見ただけでも、三船敏郎(みふねとしろう)さん、田淵幸一(たぶちこういち)さん、松本幸四郎(こうしろう)さん（現・白鸚(はくおう)さん）、役所広司(やくしょこうじ)さん、大原麗子(れいこ)さん、山口小夜子(さよこ)さん、田中裕子(ゆうこ)さん、樋口久子(ひさこ)さんという豪華な顔ぶれである。

偶然にも平成二十九年、私は再び審査員をやらせていただいたが、すべてがカジュアルになっていた。ふつうの会議室でお弁当が出たが、当時は貴賓室でフランス料理のオードブルとシャンペンが饗(きょう)されたと記憶している。審査員が全員で記念写真を撮るというセレモニーももはやなかった。

4

この写真を見ると、思い出すことがたくさんある。正面に座っていたのは、当時人気絶頂だった松坂慶子さんだ。その隣に宮尾登美子さんがいる。松坂さんは白地の着物を着ている。最初、宮尾さんも同じ色の着物を着て、貴賓室に入っていらした。そして松坂さんを見ると、すぐに出ていったのだ。しばらくすると、藤色の着物に着替えていた。それがこの写真である。

まだ若かった私は、二つのことに驚嘆した。自分よりも若い女優さんに気配りしたことと、着替えの着物を持ってきていた用心深さにである。普通の女性ならまず出来ないことであろう。

「なんかすごい……」

それが宮尾さんに会った最初である。私は『櫂』を一冊読んでいただけなので、

「今日は高知からいらしたんですか」

と、とんちんかんな質問をした。

宮尾さんはそう気分を悪くすることもなく、

「いいえ、今は東京に住んでいるんですよ」

と答えられたような気がする。

年が明け、やがてさらに大きな「宮尾登美子ブーム」がやってきた。出す本、出

す本が大ベストセラーになり、映画になるとそれが大当たりとなった。

ブームにつられて、というわけではないが、宮尾さんの新刊が出るたびに手に取り、私はたちまち宮尾ワールドのとりこになった。なにしろ寡作の作家なので、作品が出るのは二年に一作くらい。それをどれほど待ち望んでいたことか。

〝バブル〟の最中だったので、その頃私はよく海外旅行に出かけた。ヨーロッパに行く便の中で、宮尾さんの『天璋院篤姫（てんしょういんあつひめ）』を座席に置き、これからゆっくりと読んでいくと思った時は、幸福のあまり身震いしたものだ。

こうした気持ちをよくエッセイにも書いたので、何度か対談が実現した。

これから評伝の中でくわしく書くことになるが、女性作家の中で独走態勢に入っていた宮尾さんは、かなり孤立していたらしい。もともと作家というのは、それほど群れないものであるが、宮尾さんの場合は極端で、

「私はみんなにイジめられている」

という言葉を口にすることもあった。

そんな時、無邪気にファンを公言していた私に対しては、かなり気を許してくださっていたのではないだろうか。角川書店の伊達百合さんと三人で、二年に一度くらい食事するのがならわしとなった。会計はその年のお当番が払う、ことになって

いる。

宮尾さんはご自分のお当番の時は、老舗(しにせ)の料理屋さんを指定し、必ずお着物で現れた。

「林さんが喜んでくれるから」

というのであるが、ほっそりとした体に着物は本当によく似合っていた。そして着物の趣味のいいことといったらない。帯締め、帯揚げの選び方は心にくいほどで、私はよくうっとりと眺めたものだ。

そして宮尾さんは、気配りも忘れない。仲居さんや板前さんに、ポチ袋を渡すのを何度も見たことがある。惚(ほ)れ惚(ぼ)れするような大人気作家の風格であった。

尊敬しながらも、少しずつ近寄っていった、細く長いつき合いであった。といっても、私が娘を出産した時は、病院にいち早く駆けつけてくださった。『きものがたり』という写真入りの本を出版した時は、

「この中から好きなのをあげる」

という言葉に甘え、「寒牡丹(かんぼたん)」の付け下げの一枚をいただいた。

そして私はある日言った。

「私はいつか、先生の伝記を書きたいんです」

「あら、いいわよ」

即座におっしゃった。

「その時は何でも話してあげる」

と約束してくださったものだ。が、こんなこともおっしゃった。

「でも前の亭主が生きているので、いろいろ書けないこともあるの。前の亭主はね、マルチェロ・マストロヤンニそっくりの美男子だったのよ」

そんな話をした何年か後、宮尾さんはいっさいの連絡を断った。親しい編集者たちにも、行き先を教えていなかった。

平成二十四年のことだ。シンポジウムで高知を訪れた私は、宮尾さんゆかりの料亭得月楼（とくげつろう）の女将（おかみ）から、バラの花束を受け取る。

「これ、宮尾先生から、いつも高知の宣伝をしてくれてありがとうっていうことですよ」

「宮尾先生、高知にいらっしゃるんですか」

「まあ……」

笑ってごまかされた。黙っていてくれと言われたらしい。

そして最後にお会いしたのは、東京のご自宅である。車椅子に乗っていらした宮尾さんは華やかな趣はまるでなかったが、凛（りん）としていてきれいだった。私にはそう見えた。

「先生、伝記のこと、よろしくお願いします」

と念を押したのであるがそれきりであった。二年後にひっそりと旅立たれた。

私は宮尾さんの評伝を書くにあたって、どうしても知りたいことがあった。いや、そのために評伝を書こうと思い立ったのだ。

私をあれほど熱狂させた「宮尾ワールド」は、本当に存在していたのだろうか。登場人物の女衒（ぜげん）の岩伍（いわご）は実在していたのだが、隆盛を誇った土佐の花柳界の話は本当だったのか……。フィクションと事実とのつき合わせを通して宮尾さんの小説の秘密を探ろうと思った。

残念なことにご遺族の意向で、マルチェロ・マストロヤンニそっくりという前夫（確かに美男子だった）の写真は、手に入れたものの連載時に掲載することが出来なかった。その他にもいろいろ残念なことがある。

宮尾さんはその作家人生において、いくつかのタブーに果敢に挑戦し、モデル問題で裁判すれすれの状況にもあった。

「私は牢屋（ろうや）に入るかもしれない」

と語っていたともいう。そうした宮尾さんの態度には及ばないが、私も出来る限りのことはしてきた。

またこの評伝は、ジャーナリストの佐久間文子（あやこ）さんの協力なしでは書きおおせなかった。深く感謝を申し上げる。

そして取材に快く応じてくれた方々にも、もう一度感謝を。

林真理子

令和元年十二月

目次

前書き 3
第一章 誕生会 15
第二章 ある噂 23
第三章 富田屋の跡 31
第四章 南国 39
第五章 同級生 47
第六章 学歴 55
第七章 『櫂』の世界 63
第八章 農家の嫁 72

第九章　二人の母　80
第十章　兄と妹　88
第十一章　満洲の少年　96
第十二章　『朱夏』の村　104
第十三章　テレビ出演　112
第十四章　借金二人三脚　120
第十五章　事業　129
第十六章　家出　137
第十七章　再婚　145
第十八章　太宰治賞受賞　154

第十九章　直木賞　162
第二十章　映画化　169
第二十一章　女流作家たち　177
第二十二章　きのね　185
第二十三章　最後の小説　194
第二十四章　帰郷　204
最終章　続・仁淀川　213
参考資料　222
解説　「綴る女」を綴る女　綿矢りさ　226

綴る女　評伝・宮尾登美子

第一章　誕生会

平成もまだ二年めであったから、元号になじみはなかった。一九九〇年といった方が、記憶を呼び戻しやすいかもしれない。日本が後に〝バブル〟と呼ばれる好景気の狂騒に沸いていた頃だ。四月十四日の夜のことであった。東京紀尾井町にあるホテルニューオータニの別館で、「第八回宮尾杯争奪歌合戦」が行われようとしていた。

作家宮尾登美子は、『櫂』や直木賞を受賞した『一絃の琴』をはじめ、『序の舞』『陽暉楼』『鬼龍院花子の生涯』といったベストセラーを次々と発表し、その作品の多くは映画化されどれも大当たりしていた。

人気のある女性作家はほかにもいたし、秀作を書き続けて、文壇に厳然たる地位を持つ女性作家もいた。しかしその頃の宮尾には、「時の勢い」というものがあった。作品が映像化されるたびに、スター俳優と並んで彼女の姿も大きくメディアに取り上げられる。映画会社の大規模な宣伝はそのまま宮尾の宣伝にもなって、宮尾は「ザ・女流作家」のような立場になっていたのである。

宮尾の誕生日は四月十三日であるが、その前後にいつしかカラオケ大会が行われるようになった。一九九〇年に第八回とあるから、一九八三年から始まったことになる。人気作家を祝う誕生日パーティーも兼ねていたそのカラオケ大会に、出版社や映画会社の面々が駆けつけないはずはない。

今私の手元には、そのパーティーの台本といおうか進行表がある。幹事役の東映の松尾守は、よほどきちんとした性格だったのであろう。その台本を保存していた。とうにワープロは普及していたはずであるが、綺麗な筆跡で出席者の名前や順番が記されている。

朝日新聞社、角川書店、講談社、集英社、新潮社、世界文化社、中央公論社、テレビ朝日、東宝、文藝春秋、そして自社の東映と、松尾はアイウエオ順に名前を挙げた。どこも日本を代表する出版社、新聞社であるが、小学館の名前がない。当時はまだ文芸部門が手薄だったと見える。テレビ局もテレビ朝日だけだ。この他には家の光協会、松竹、読売新聞社が人は出していないが、参加という形をとっている。

おそらくプレゼントを用意したのであろう。ちなみに当日の会費は一万円であった。

司会はテレビ朝日アナウンサーの保坂正紀（まさき）である。モーニングショーや昼の帯番組のMCをしていた彼は、テレビ朝日きっての人気アナウンサーだ。その彼を無償で私的な会の司会に使おうというのには、テレビ朝日の宮尾へのなみなみならぬ思いがあった。保坂は確か、テレビ朝日取締役の小田久榮門（きゅうえもん）からの指令であったと証言する。

「小田久榮門が声をかけて、森文弥編成担当から僕のところへきたと思います。うちでは宮尾先生の原作で、『櫂』や『天璋院篤姫』を制作していましたから」

八〇年代から九〇年代にかけて、テレビ局は正月用ドラマをつくり、そのほとんどは「女性用大作」であった。佐久間良子（よしこ）、若尾文子（わかおあやこ）、大原麗子、三田佳子（よしこ）、といった、ふだんは映画にしか出演しない大女優たちが、この時はテレビドラマの主役をつとめた。女性読者を中心に売れに売れ、しかもその小説世界は昭和初期の遊郭や博徒といった実にドラマティックなものがテーマになっている。テレビ局は映画会社よりも先に、宮尾作品の獲得に走ったのだ。

ちなみに、この年、テレビ朝日から一人の中堅社員が出席し、石原裕次郎の「港町　涙町　別れ町」を熱唱した。後に社長から会長の座に就く早河洋である。そして角川書店からは、現在幻冬舎社長をしている見城徹が出席し、布施明の「積木の部屋」を歌った。

やがて保坂の口から、ゲスト審査員が紹介される。女優の浅利香津代、藤真利子、作家の中上健次、イラストレーターの灘本唯人、そして歌手の都はるみの名も。都はるみは、中上健次が連れてきた。

「都はるみさんは二回くらい来ていたんじゃないですかね。現職の厚生大臣だったときの小泉純一郎さんも来ていましたよ。ＳＰも一緒だったからよく憶えています。二次会には俳優の奥田瑛二さんも合流して歌を歌ってました」

保坂にとって、このカラオケ大会の印象は好意に満ちたものだ。

「そりゃあ、俳優さんたちは先生の作品にまた出たい、っていう気持ちがあったでしょうし、そういうことをはっきり口にする人たちもいました。でも出版社のみなさんは、仕事というよりも、先生の誕生日を祝うために、歌好きが集まって、仕事抜きで歌おうっていう感じでしたね。だってカラオケの間は、みんな話もしないでしーんと聞いていなきゃならないんですから」

そのかわり保坂は、歌い終わった彼らひとりひとりにインタビューをした。

「何本、先生とお仕事したんですか」

と尋ねると、

「まだ一本だけです。なにしろ十年に一本、やっと回ってくるので」

と編集者が答え、どっと共感の笑いが起こる。すると審査員席から宮尾が、

「そうだっけ？」

ととぼけた声を出し、再び会場が笑いにつつまれる。

しかし意地の悪いマスコミは、このカラオケ大会を、決して和気藹々の仲間うちのものとしてとらえなかった。

もう廃刊となったが、当時『噂の眞相』という雑誌があった。

多くの人は気づいているであろうが、『週刊文春』であろうと、『週刊新潮』であろうと、『ＦＲＩＤＡＹ』であろうと、その鋭い刀をはずす相手がいる。いわずと知れた作家たちだ。作家のスキャンダルは書かない、というのは彼らの原則である。

当時何かの集まりの席で、ある作家が自慢めいて私に言ったことがある。妻子がいる彼は、売り出し中の美人女優との現場を、『ＦＯＣＵＳ』に撮られてしまった。すぐに新潮社の重役に電話をかけとり下げてもらったという。

彼はそれで済んだかもしれないが、気持ちが収まらないのは、スクープをだいなしにされたフリーのカメラマンや記者だったろう。今だったらネットにばらまくか

もしれないが、あの頃であったら『噂の眞相』が記事を拾ってくれたはずである。話は変わるようであるが、この雑誌にはある大御所作家と人気女優との、旅行の様子がこと細かくレポートされていたこともある。すべての雑誌に掲載を断られた揚句のことと聞いた。

この私も、長いこと悪意に満ちた記事をしょっちゅう書かれていたものであるが、今思うと、『噂の眞相』は、業界のガス抜きの役割を果たしていたかもしれない。今はさらに、全く根拠のない憎悪に満ちた言葉や文章が、匿名者によってネット上で重ねられているのだ。

当時〝超〟がつくほどの売れっ子作家であった宮尾も、彼らにとっては格好の餌(え)食(じき)となった。宮尾が親しい身内に、こっそりと祝ってもらっているつもりのカラオケ大会も、『噂の眞相』によるとこうなる。一九九八年の回のことだ。マイクを持つ小泉純一郎と、その傍らに立つ宮尾の写真が大きく載っている。小泉は「大阪で生まれた女」を歌ったという。宮尾が着ているのは、一九九〇年の時のようなロングドレスではない。七十二歳の彼女が、まるで娘のような大振袖である。

宮尾をよく知らない人、嫉妬(しっと)する人たちには、それは人気女流作家の驕慢(きょうまん)と勘違いの極致のように見えたかもしれない。

見出しにもこうある。

「大御所女流作家宮尾登美子の盛大な誕生会が開催。朝日の中江や文春の田中に混じり小泉純一郎出席」

（『噂の眞相』一九九八年六月号）

朝日新聞社社長中江利忠と、文藝春秋社長の田中健五は、ブラックジャーナリストと低く見られる彼らにとって、まさに権力の象徴である。そのうえ、有名政治家まで従える大振袖の老女。彼らの筆は、そのコンセプトにのっとって進む。

おそらく多くの読者にとっては、全く知らない宮尾登美子の一面であろう。ファンが知っているのは、年を重ねても楚々として美しい着物姿だ。四十代でデビューをし、その前は高知で農家の主婦をしていたという宮尾は、女性たちにどれほど熱烈に愛されていたことか。八〇年代から九〇年代にかけての「宮尾ブーム」は、映画やテレビを巻き込み、社会現象のようにもなったし、その後は数年に一冊のペースを保ちながら正真正銘の大御所への道を歩いていった。

『平家物語』の宮尾流小説化、『天璋院篤姫』の大河ドラマの大成功はまだ記憶に新しい。

そしてある日、まわりの人から身を隠し静かに逝ってしまった。

「もしあなたが私のことを書くのなら、本当のことを何でも話してあげる」

宮尾は生前そう語ってくれたが、本格的なインタビューにとりかかる前に宮尾は亡くなり、ついぞその機会は訪れなかった。本当のこととは何か、未だにわからない。しかし今私は、宮尾が残していったものを少しずつ拾い集め、その本当のことに迫ろうと思う。

第二章　ある噂

宮尾は決して傲慢（ごうまん）な作家ではなかった。

自分の力を振りかざしている女性作家なら、当時他に何人かいたはずだ。あるミステリーの大御所作家は、忘年会の時に集まった編集者に「お猿の物真似（ものまね）」大会をやらせたと噂になっていた。

作家にとって編集者というのは実に奇妙な存在だ。その時々で力関係が違ってくる。作家が新人の時は「文学上の師匠」のような役割を果たすし、優秀な編集者なら売り出す時のプロデューサーにもなる。やがて作家が中年となりまだ売れ続けるなら、編集者との蜜月（みつげつ）時代は続く。一緒に食事や旅行にも出かけ、悩みごとを打ち明け合う。男同士なら毎晩のように酒を飲む、よきパートナーになっていくのだ。

さらに作家が「大御所」と言われるようになると、呼び名は「先生」となり、若い編集者は戦々恐々とすることになる。ひたすらあがめたてまつる立場になってい くのだ。

宮尾は自分が望むと望まざるとにかかわらず、日本でもトップクラスの「先生」になっていく。前述したとおり各出版社から担当編集者が馳せ参じて、得意のカラオケを歌うのだ。

これを女流作家の傲慢さととるのは間違っている。売れている作家を喜ばせるのは、編集者の大切な仕事であったし、たかがカラオケなのだ。「猿の物真似」とはわけが違う。そして宮尾はそうした一連のことを無邪気に受け取るタイプであった。そういうところに、可愛がられて育った幼い時代の影響がほの見えた。

宮尾は自分を喜ばせる人たちをもっと喜ばせたいと思い、毎年のように大振袖やロングドレスをまとった。こうした女性に嫌悪を持つ者はいない。宮尾が担当編集者から慕われていたのは事実である。彼女からさまざまなプレゼントをもらった者は多いし、食事をご馳走してもらった者も何人もいる。彼女は豪快な金の使い方をした。

編集者たちから愛される作家は、何人もいたし、これからも出てくることであろう。しかし宮尾が他の作家と決定的に違うのは、彼女の誕生日パーティーに、朝日新聞社の社長と文藝春秋の社長とが出席したことだ。

文藝春秋の社長ならそう不思議ではないが、出席者が毎回驚くのは、朝日新聞社社長中江利忠の存在である。今から三十年くらい前のことだ。当時の新聞社の傲慢さといったらなかった。新聞記者は出版社の編集者とはまるで違っていた。作家が日々出す本によって、商売させてもらっているという思いなどまるでない。プライドが非常に高い彼らにとって、どれほど売れている作家もあくまで「一出入り業者」なのである。

そうした時代、中江の宮尾に対する姿勢は、人々の耳をそばだてるのに充分であったのである。

「だって愛人だもの」

とささやく者はとても多かった。

宮尾と知り合ったばかりの私が、

「これから六本木(ろっぽんぎ)のおうちに先生を迎えに行くのよ」

と自慢気に言ったところ、そこに居合わせた『週刊朝日』の編集者が、

「ああ、うちの社長と密会するための部屋ですね」

とすかさず言ったことがある。当時『週刊朝日』は新聞社から発行されており、

今のような別会社ではなかった。

「うちの社員ならみんな知っていることですよ。宮尾さんは狛江に自宅があるのに、うちの社長と会うために六本木に部屋を借りてるんですよ」

朝日新聞の社員がそう断言したものの、私は半信半疑であった。なぜならば当時宮尾は六十代も後半である。きゃしゃな体をつつむ着物姿は大層美しかったが、その年齢の女性が恋愛するというのは信じがたいと、まだ三十代の私は思った。それよりも宮尾の本を長年愛読していた者として、その著者と不倫とがどうしても結びつかなかったのである。

そして私は角川書店の伊達百合と宮尾のマンションへと向かった。伊達百合はデビュー以来、私とずっと親しい編集者で、宮尾のお気に入りでもある。この日以来、私たち三人は二十数年間、時々食事を共にする仲になっていくのだ。

初めて訪れた宮尾のマンションは、ホテルオークラへと抜ける六本木の裏道にあったと記憶している。中には入れてくれず、ロビイに宮尾が降りてきた。売れっ子作家にしては、地味な古いマンションだと思ったが、

「いいところにお住まいですね」

ついお愛想を口にしたところ、私の心中を見透かしたように宮尾が言った。

「仕事に便利で借りたのよ。でもね、世間では私が朝日の社長と会うための部屋だと噂しているのよ」

本人も噂を知っていたのである。

実は例の誕生日パーティーの他に、宮尾にはコアなファンクラブのようなものがあった。文藝春秋社長の田中健五、朝日新聞社社長中江利忠、そしてテレビ朝日取締役の小田久榮門がメンバーだ。この四人でしょっちゅう築地（つきじ）の「吉兆（きっちょう）」や赤坂（あかさか）の「茄子」といった高級料亭で食事をする。そして座敷カラオケをするというコースだ。平成二十六年に亡くなった小田は、久米宏の『ニュースステーション』をつくった人物として知られる。

文藝春秋の元社長で、会長も務めた田中健五から話を聞いた。

「四人で会うようになったのは、僕が社長になる昭和六十三年くらいではないかな」

そして宮尾が『宮尾本　平家物語』執筆のため北海道に移住する前に自然消滅となった。十年くらい続いたことになる。

「うちからは宮尾さんの小説というのは、実は三冊しか出ていないんです。その中に大ヒットした『鬼龍院花子の生涯』はありますけどね」

つまり売れているから、宮尾をことさら持ち上げていたのではないと強調する。

私が意を決して、中江と宮尾のことを尋ねたところ、

「いやー、ははは」

と文字通り一笑に付された。

「そうだと面白いね。いやあ、だけど僕はそういうのにわりと敏感な方だけどね」

あり得ないと言う。むしろこの会に積極的だったのは、テレビ朝日の小田だったと指摘する。かなり生ぐさい話をしていたらしい。

「中江さんが人事の話を始めると、小田さんが結構それに喰いついていろいろ売り込んだりしていたなあ」

当時のブラックジャーナリズムは、犬猿の仲であった文春と朝日新聞を、宮尾がうまく結びつけた、というように書き立てていたが、事実はテレビ朝日の小田が幹事のような役割を果たしていたようだ。

「ローマオリンピックからね、新聞社は外部の人材を投入するんですよ。次の東京を見すえて、毎日は元社員の作家井上靖をローマに。特派員としてね。朝日は有吉佐和子を使った。この時に有吉さんはテレビという媒体に興味を持つ。そして小田と親しくなっていく。しかし有吉さんは急に亡くなってしまった。小田の中で次

は宮尾登美子だっていう計画があったんじゃないかなぁ」

　ここで懐かしい名前が出た。有吉佐和子、私が尊敬してやまない女性作家だ。晩年に何度か会ったことがある。しかし英語を喋り、好奇心のおもむくまま世界を旅し、社会現象と取り組んできた有吉は、宮尾とは、全く違うキャラクターではなかろうか。

「そうですね、宮尾さんというのは整った静かな人です。とても『鬼龍院』なんか書く人には見えない」

　宮尾は酒が飲めない。その宮尾を囲んで人事の話をしていたというのはかなり意外であった。私の中では、まだ色香の残る売れっ子女性作家を中心に、男三人が機嫌をとるような会食を想像していたのであるが、男たちのさまざまな情報が飛び交う席だったようである。

　この後、元朝日新聞社社長の中江にも話を聞いたのであるが、当然のことながら宮尾との仲は否定された。が、朝日新聞と宮尾との因縁はこれだけでは終わらない。その話は、もう少し先ですることにしよう。

　宮尾がこうしたスキャンダルをたてられるのも、その私生活があまりに知られていないことがあっただろう。

狛江の自宅を改築した時、宮尾は盛大なお披露目の会を行った。担当の編集者たちを家に呼び、「吉兆」から運ばせた弁当をふるまったのであるが、ここでも宮尾の夫を見た者はいない。

それどころか、他にインタビューをした親しい人たちも、ほとんど誰も宮尾の夫を見ていないのである。

宮尾は再婚であるが、夫は初婚である。二人は高知で出会って結ばれた。やはり私のドキュメントは、高知に向かわなくてはならないだろう。

第三章　富田屋の跡

宮尾登美子のファンならば、彼女がどのように生まれ、どのように育ってきたか熟知しているに違いない。

宮尾は自分の生いたち、父親の職業についての作品を幾つも残しているからである。女流新人賞を受賞したものの、その後全く不遇なときを送っていた宮尾は、これを最後と思い小説を書いた。それが五百部ほど刷った『櫂』だったのである。銀（ぎん）座（ざ）の「ゑり円（えん）」で選んだ唐桟（とうざん）の布で装丁をした、非常に凝った私家版である。ここではそれまで宮尾がひたすら呪い、隠してきた父の職業「芸妓娼妓（げいぎしょうぎ）紹介業」が、重要なテーマとして扱われている。そして自分の母は、実は育ての母だったということも、宮尾はこの作品で初めて書いた。この私家版は反響を呼び、筑摩書房はすぐに自社が主催する太宰（だざい）治賞の最終候補に加え、書籍化を申し出た。

「その五日後に講談社が来たんですよ」

後に宮尾は誇らし気に語っている。

『櫂』は東宝で若尾文子主演の舞台になり、さらにNETテレビ（編集部注・現在のテレビ朝日）の「ポーラ名作劇場」で、ドラマとして全十二話放映された。緒形拳、十朱幸代主演で映画化もされ大あたりした。宮尾は人気作家の地位を固めるのである。

その後も『鬼龍院花子の生涯』『陽暉楼』と、映画も大ヒットしていく。これらの作品により、我々読者は戦前の高知の遊郭の様子をすぐに思い浮かべることが出来る。

三十年近く前初めて高知を訪れた時のこと、宮尾作品の愛読者だった私は、地元の知人に「緑町」のことを聞いた。かつて宮尾の生家があったところである。

ところがその人々は、

「緑町というところは聞いたことがない」

と一様に言うのである。また『陽暉楼』のモデルとされる得月楼にしても、普通の高級料亭であった。芸者は一人も置いていない、と言われて少々驚いた。私は次第に、

「宮尾の描いた世界は、本当に存在していたのであろうか」

という気持ちを抱くようになってきたのである。

幾つかの疑問がわいてきた。宮尾は父親のことを、

「関西一といわれていました」

（『産経新聞』一九八九年一月三十日夕刊）

と、かなり誇らし気に書いている。が、大阪や神戸ならともかく、当時は主要都市からかなり時間がかかる土地であった高知に、そのような規模の紹介業が存在するものであろうか。

この連載を始めるにあたって、私はひとつ大きなテーマを掲げた。それは、

「（宮尾の父がモデルとされる富田）岩伍は本当にいたのであろうか」

ということである。

「小説にもエッセイにも、さんざん書いていたんだから、いるに決まっているではないか」

というのは読者の心理で、作家だと、そんな考え方はしない。たとえ私小説であろうと自伝であろうと、作家が小説の中で虚構の世界をつくるのはあたり前の話だからだ。

宮尾登美子は大正十五年、高知市で生まれた。昭和九年、宮尾の生家の岸田家が海岸通り（若松町）に引越した当時の「高知県実業興信録」というものを見ることが出来た。「周旋仲立業」という項目はちゃんとある。しかし岸田という名前は出ていない。

小説の中で「富田岩伍」とされる宮尾の父親、岸田猛吾は確かに存在していて、戸籍にも記録が残っている。大正十三年の『土陽新聞』の元日広告にも「紹介業　岸田猛吾」の名前はある。しかし宮尾の多くの小説の舞台になった紹介業「富田屋」は確かに存在しているものの、「関西一」までの繁栄ぶりを示す記録を見つけることができなかった。ただ、宮尾の親族から提供された生家の間取りを見ると、かなり裕福な家だったことがわかる。

高知市民図書館のホームページには、次のように載っていた。

「高知市緑町は行政の定めた正式な町名ではなく、地域住民の間で使われていた通称の町名。平成二十七年現在、高知市二葉町にある土佐稲荷神社から北東の区域が該当する」

昭和四年発行の『高知市街地図』には、「ミドリ町」の記載が見える。

私がどうしてこれほど緑町にこだわるかというと、何度も訪れた高知の街は、空襲に遭ったこともあり、旧い建物がほとんど残っていない。市電などに多少の風情はあるものの、よくある地方都市である。ここに大きな遊郭街があったとは想像しづらいし、地元のお年寄りに聞いても憶えている者はいない。

もしかすると宮尾の描いた世界は、完璧なフィクションではなかったか。

そんな疑いにとらわれることがあったからである。

とにかく土佐稲荷神社があるあたりを歩いてみることにした。マンションや民家、商店が並ぶだけの殺風景な界隈だ。

人通りがほとんどない。この神社の裏手に、戸籍に出生地と記されている宮尾の生家があった。このあたりは当時、貧しい家が多かったという。

宮尾の作品の中で、ひもじさのあまり壁土をほおばる子どもの話が出てくる。これがある文学賞の候補に上がった際、

「昭和にこんなことはあり得ない」

とある作家が評したと宮尾はエッセイに書いている。

『寒椿』の中で、後に社長夫人となる妙子が暮らしていたのがこの緑町の路地裏である。地元の人たちが、

「そんなところは聞いたことがない」

と言うのもわかるような気がした。目立たない、しかも人々の口の端にのぼらない界隈であったのだ。

緑町は確認できたが、遊郭はどのあたりにあったのであろうか。

「上の新地」と呼ばれた玉水新地は高知市の西側、鏡川に沿ったところにある。空襲被害を受けた稲荷新地に当時の建物はないが、鏡川に沿った玉水新地の一帯には、赤線時代の面影を残す建物が今も残っている。

高知には確かに遊郭街が存在していたのである。しかしこの規模のものだったら、日本の各地で見ることが出来る。もっと大規模で華やかな遊郭街があったのではないかと思うのは、私が宮尾作品をあまりにも読み過ぎているからなのかもしれない。『高知市史』によると、近世の高知藩では遊郭はむろん、料亭の設置も許されていなかったという。維新後、上下といわれる玉水、稲荷と、吸江の三新地が出来た。これらは料理屋が主であったが、年を経るごとに逆転して女郎屋が主になった。この事態に、自由民権運動の旗振り役で女権拡張論者でもあった植木枝盛が、県議会に公娼廃止案を提出したこともある。

植木の公娼廃止案は可決されたが県当局に見送られる。昭和十年にも廃娼勧告意見書が議決されるが、反対派が巻き返し、九十五対百五十五をもって、存続が決定した。

この時高知県下の貸座敷は三十七軒、娼妓の数は三百五十人だったという。この数が多いのか少ないのかよくわからない。昭和初期の東京を調べたところ、吉原が七百五十人、洲崎は八十人という数字が出ている。

四国のひとつの街にすぎない高知市で、吉原の半分の娼妓数がいたということは、かなり多いとみていいのかもしれない。

これは酒好き、宴会好きの高知の気風もあったであろうし、海運業の全盛期に良港を持っていたこともあったであろう。明治になってから、一時金を貰って士族となった元武士たちが、野放図に遣ったとも言われる。そして全国にその名が響いていた得月楼の存在も大きかったに違いない。

得月楼は明治三年、玉水新地に創業。当初は陽暉楼の名前だったが、明治の元勲谷干城が漢詩から想を得て改名したと言われる。明治二十五年に市の東側、鏡川の河口に近い、下の稲荷新地に壮大な新店を建設、ここを本店とした。

岸田猛吾はこの得月楼の主人に大層気に入られ、得月楼の仕事を主にするため、海岸通りに引越してきたのだ。

当然のことながら、得月楼と宮尾との関係はとても深い。いわばかつては「主家」のような間柄であったろうし、得月楼の娘とは友だちで、よく遊びに行ったと宮尾自身が語っている。宮尾が有名作家になってからは、得月楼は「名作の舞台」となり土佐の名所となったのである。

平成二十四年のこと、高知でのシンポジウムを終えた私は得月楼で会食をした。その帰りに女将が、

「これ宮尾先生から頼まれました」

と花束を渡してくれたのは前書きに書いた通りである。バラが彩りよくアレンジされていた。女将は私が来ることを宮尾に告げていたのである。この頃宮尾は編集者たちとも連絡を絶ち、ごく親しい人たちでさえどこにいるのか知らなかった。そのことはもっと先に記すことにしよう。この女将にも宮尾のことを取材するつもりであったが、まだ若いはずなのに平成二十七年に急死してしまった。

私は急いで高知の人たちに会わなくてはならない。

第四章　南国

高知はとても魅力的な街である。海があり山があり、美味にはこと欠かない。酒好きで朗らかな人たちは、宴会好きでもてなし上手ときている。

初めて訪れた時、私は朝市を歩いた。ここが宮尾がよくエッセイに書いているところだと思うと感慨もひとしおであった。しかし朝もいで夕には腐り始めると言われ、地元でしか食べられない楊梅（やまもも）はついに見つけることが出来なかった。

それは三十年近く前、講演会で初めて訪れた時であったと記憶している。前夜、地元の名士の方々との夕食会があった。その時に宮尾の熱心なファンであると私が告げると、微妙な空気が漂った。それは地元出身の、著名な作家を自慢するというようなものではなかったと思う。

「あの人は借金をこさえて、それで高知にいられなくなったんですよ」

その中の一人が口を開いた。

「うちにも借金があったんです」

と言ったのは、高知の金高堂(きんこうどう)書店の吉村浩二社長であった。平成二十三年に亡くなったその方は、人脈が広く東京の大手出版社の社長たちとも親しい。東京の文学賞の受賞パーティーにも顔を出す、いわば名物社長であった。こちらは好意を込めた口調でこう結んだ。

「ですけど、宮尾さんが有名になってからちゃんと返してもらいましたけどね」

この時私は不思議であった。宮尾登美子という作家と借金というものが、なかなか結びつかなかったからである。

そもそも地方の人というのは、そこの出身の有名人に対して複雑な思いを持つ。決して礼賛一辺倒ではない。ましてや本人が東京に暮らしているとなればなおさらである。

私は高知の人と何人か会ったが、『鬼龍院花子の生涯』や『陽暉楼』の映画が大ヒットした後で、

「高知の恥をあんな風にさらして」

とはっきりと、否定的な意見を口にする人が何人もいた。

「高知が生んだ偉大な女性作家」

というイメージが固定するのは、歴史小説を次々と発表した頃ではないだろうか。いずれにしても、高知という土地を考えずに、宮尾を語ることは出来ない。酒好きで明るい高知の人たちは、不思議な自虐性を持っている。

タクシーの運転手が話しかけてきた。

「お客さん、高知はついに日本一の貧乏県ですよ。このあいだまで下から二番めだったけど、今は一番になりました」

本当に自慢しているのである。

私が関わる団体が、高知で大きなシンポジウムを開いたのをきっかけに、いろいろなつながりが出来た。高知の楽しさを知ってもらおうと、私が企画して何人もの友人を連れていった。今では知事から頼まれて「高知県観光特使」をしているほどだ。それほど私は高知に魅せられてしまったのであるが、やはりきっかけは宮尾作品であろう。特にエッセイの中で、高知の自然や町並み、そこに住む人たちはいきいきと描かれている。私は宮尾の作品の中に出てくる人間関係が空で言えるほどだ。

最近の若い作家は知らないが、少し前まで小説家というのは、ふつうの健全な家には出現しないものであった。多かれ少なかれ、みな家庭の不幸や過剰な何かを背負っている。

東京のお嬢さまだとばかり思っていた女性作家たちも、両親の不和や、母親との複雑な葛藤（かっとう）を、ある時期から描くようになる。それが作家の財産だとしたら、宮尾はとてつもない宝を持って生まれてきたことになる。宮尾はよく、

「呪わしい家業」

という表現を使っているが、生家は芸妓娼妓紹介業である。大きな商いをしていたために、事務所は電話の受け応えや、女を交えない打ち合わせの業務ばかりで、とても堅いうちであったと宮尾は後に綴（つづ）っているが、それは願望も含まれているだろう。現に宮尾は五人の仕込みっ子（編集部注・芸妓見習い）と暮らし、売られていく少女たちをその目で見ている。女学生になってからは、住み替えをする娼妓二人の付き添いとなり夜汽車の旅を共にしていたりもするのである。

ふつうの娘なら体験できないことばかりのうえに、実母と養母がいる。生まれた時からドラマの中にいるのだ。作家にとってこれほど大きな財産はないであろう。事実宮尾はこれを糧（かて）にしていく。初期の作品は自分の生いたちを書くことからスタートしているのである。

富田岩伍として登場する宮尾の父親の名は、岸田猛吾という。猛吾は明治十五年十一月十四日に高知市材木町に生まれた。父は楠八といって材木商をしていた。宮尾のエッセイ「心を打った男たち」によると、この楠八という人はぼんぼん育ちの新し物好きであった。明治の断髪令が下った際、全財産をつぎ込んで土佐橋に高級床屋を開業した。三階建ての土蔵づくりであったが商売はうまくいかなかったようで、楠八の死後岸田家は破産している。

猛吾は尋常小学校に二十七日通っただけで働かざるをえなかったが、隣家の弁護士が読み書きを教えてくれた。成人してからは仏教も勉強し、写経に励み、一日も欠かさず日記を書いた。酒は全く飲まない。このあたりを宮尾は心を込めて書く。猛吾という人は、しんから学問好きの真面目な人間である。どんなに困難な状況でも常に向上心を持ち努力している。こういう人間が、ただの女衒になるわけがないではないか。貧しい家の娘を娼家に売っていくのは、人助けのためだと心から信ることの出来る人間だったと、宮尾の中で一応のつじつまは合っていくのである。

しかし妻の喜世には、その論理が通じない。どれほど夫が説明しようとも、夫のしていることは、やはりいかがわしい商売なのである。この妻の潔癖さがやがて離縁へと向かう。

猛吾の妻喜世は、小説では喜和と変えられている。旧姓小笠原喜世は明治二十四年高知市北新町で生まれた。猛吾より九歳年下だ。家は古物商というふつうの商売人である。

明治三十七年、猛吾は日露戦争に従軍している。除隊後は地元の渡世人の世界に身を置いていたらしく、結婚したのはその三年後だ。猛吾の二十五歳はわかるとして、喜世は十六歳という若さだ。出産四日前に籍を入れた。つまり猛吾は、堅気の少女を孕ませ責任をとったということになる。この子どもが、小説では龍太郎となる、結核を患い早世する宮尾の薄幸な兄だ。そして二年後、次男の英太郎が生まれる。この次兄に宮尾は小説で健太郎という名を与えた。岸田康彦さんはこの方の長男になる。この次兄の長男で、六歳違いだが宮尾には甥にあたる康彦さんが、年譜や当時の岸田家の間取り図を作って見せて下さった。

大正十五年、大正という時代が終わろうとする年の四月十三日に登美子が生まれた。父猛吾、母喜世の四女として届けられている。実質的には猛吾の長女であるのに、仕込みっ子を養女として入籍したためそうなったらしい。そして登美子は喜世が産んだ子どもではない。

「私は生れおちるなり即刻この母（編集部注・実母）の許から父の家に連れてこら

れ、死ぬまで遂に会ったこともなかったのだから、その影響を受けたとは自分では思っていない」

と初期エッセイ「豊竹呂昇の声」に宮尾は書いている。

小説や映画で『櫂』に触れた人は、よく知っている出来ごとである。若い愛人から生まれ落ちた子どもはすぐに、後見人の大貞楼の女将の胸に抱かれて人力車で連れて来られる。妻の喜和はその子どもをすぐに受け容れることが出来ない。しかしやがて本当の母親のような愛情を持って、子どもを育てるようになる。

宮尾の母親は娘義太夫であった。が、宮尾が語っているほどの有名人ではなかったようだ。小説の中で宮尾は母親の人生を、天才と謳われた豊竹呂昇の聞き書きからとっているところがみられる。

宮尾はエッセイの中で母親の芸名を「登志吉太夫」と書いている（がふつう女流義太夫を呼ぶとき「太夫」はつけない）。「利吉太夫、芳花」と書くこともある。「竹本登志吉」という名なら、昭和二年元日の『土陽新聞』の正月広告に見つけることができた。「高知因会員」という地方で活躍する演者たちの名が並ぶ名刺広告だ。この因会というのは、高知の場合、男性アマチュア、女性はセミプロと思われる。当時高知には四つの常設小屋があり、大阪などから来た評判の娘義太夫の記事は載っているが、そこに竹本登志吉の名は見つからない。

この実母について、書いていることと違うことが少なくとも二つある。

一つは娘義太夫であった母に、何ひとつ影響を受けていないというもの。しかし宮尾は少女時代クラシック音楽の虜になり、レコードを聞く同好会に入る。少女時代には筑前琵琶の稽古にも通っていたという。そして大人になってからは取材のためとはいえ、一絃琴を習い趣味で三味線を弾くようになるのである。音楽への興味は人一倍あったのだ。

そして実は宮尾は実母と会っているのである。

第五章　同級生

宮尾は後年になってから、一度だけ実母に会ったことがあると書くようになり、大島信三の『宮尾登美子　遅咲きの人生』の中でもそう語っている。少女の時に実母方の親戚の者の手引きで、実母とおぼしき女性のところへ連れていかれた。彼女は母とも言わずほとんど会話も交わさなかったが、勘で実母とわかったそうである。小説にもその出会いは書かれており、これは事実であろう。

宮尾という人は、自分の人生をかなり忠実に小説やエッセイに書いてきた作家である。太宰賞を受賞するまではフィクションを一から書こうとしていたが、ある時から自身を題材に出生のこともふっきって書いたのだ。芸妓娼妓の紹介業の娘として生まれ、生さぬ仲の母に育てられた。若い時に結婚して満洲（編集部注・現在の中国東北部）に渡る。敗戦により九死に一生を得て帰ってくる。そして意に沿わぬ農家での生活、離婚、再婚。

凡庸な作家なら、単なる自伝的小説になっただろうが、宮尾は文学作品に昇華させた。それらの作品は女性たちに熱狂的に迎えられ、宮尾はどんどん正直になっていったはずである。そんな宮尾が、どうして実母とのたった一度の邂逅を、あまり詳しく書かなかったのか不思議である。若いころは、「一度も逢うことはなかった」（「三味線」『海』一九七四年六月号）とも書いている。自分を心から愛してくれた育ての母に遠慮したのかもしれないし、実母の現実が、自分のイメージと違っていたのかもしれない。対談で、女優の檀ふみに「生みの母のことを思い出すと養母が悲しむんじゃないかと思う」と語っている。

さて高知での取材はとても難航した。予想していたことであるが、岸田の家を知っている人が全くいないのだ。が、これは当然の話で、荒物屋や菓子屋であったら、

「あの店へはよく買いに行ったものだ」

という老人が必ずいるだろう。しかし岸田は芸妓娼妓紹介業である。ふつうの人間が出入り出来るわけもなく、ひっそりと営業をしていたはずだ。

が、私たちは宮尾の少女時代の親友に話を聞くことが出来た。

喜多村喜代子は、とても九十という年齢には見えない。小学校五年生の時から宮

尾と同級生になった。六年生になった時だ。宮尾の養母は夫と別れて、市内中心部追手筋の近くでうどん屋を始めた。宮尾は母に従いて引越してきたため、喜代子の家の近所になり、六年生の三学期は毎日二人一緒に学校に通った。そのために喜代子はほとんど毎日遅刻することになったという。

「おうどん屋さんというのは夜遅いでしょう。ですから起きるのも遅くなる。朝、誘いに行くと、今からうどんをつくって食べるから待っといて、というので、いつも遅くなりました。叱られないように、朝礼が終わるのを待ってどさくさにまぎれて教室に入りました」

が、六年生の終わりに宮尾はまた引越して父の元に戻る。女学校を受験するにあたって、姓が違う母親の元から通うのは不利になるという教師や父からの助言によるものだ。このあたりも小説『櫂』にあるとおりだ。

　喜代子の思い出の中にある宮尾は、我儘なお嬢さんという印象に尽きるという。

「お正月の時なんか、あの人は綺麗な振袖を着てるんです。それから、さっとうどん屋に入って卵うどんなんかおごってくれました。お母さんのうどん屋じゃありません。町中のふつうのうどん屋さんで、小学校六年生の女の子が、こともなげに注文するんです」

小学校時代の宮尾は、自分でも書いているとおり綺麗で勉強が出来て、皆の人気者だったという。

「それに絵もうまくて、何か描いてというと国語のノートのうしろの方に、ちゃっちゃっと舞妓（まいこ）さんの絵を描いてくれました。みんな授業中によく頼んだもんです」

喜代子は「岸田さん」と呼ばれていた少女の家業については、何も知らなかったという。同級生もたぶんそうだったろうという。

「緑町で隣に住んでいた同級生がいるんですが、今は体調を崩して、あんまり話が出来ません。宮尾さんはその子のお兄さんともけんか友達だったので、あの人ならよう知っておいでるはずだったのに……」

話はこれで終わるはずであった。が、突然喜代子は笑いながらこんなことを口にする。

「私は家来みたいなものでしたからね」

喜代子とのつき合いは、単なる小学校の同級生のそれではなかったのだ。女学校も別々のところに進み、戦後も会うことはなかったが、ある日、宮尾から連絡があった。

「うちに来て掃除をして、というんです。それから肉や野菜などあれとこれを買ってきてって頼まれるようになりました」

この後も宮尾は喜代子に甘えることが増えていく。

「前田と離婚することになったから、書類に判子を押してもらってきてって……」

「それで行かれたんですか」

「はい、のこのこ出かけました。あの人には断らせない何かがあるんです。喫茶店では前田さんが待っていらして、すぐに判子を押してくれました」

前田というのは、宮尾の最初の夫である。それからほどなく、宮尾は二度めの結婚式を挙げるのであるが、この時も喜代子は出席することになる。出席した学校時代の友達は喜代子ひとりだけであった。

「頼ってくれたのが、嬉（うれ）しかったし懐かしかったんです」

喜代子はおっとりと笑う。取材をしてわかったことであるが、宮尾のまわりにはこういうやさしい人間が常にいる。無理難題を言っても、快く聞いてくれる人を常に宮尾は持っていた。それが出来るのは、幼い頃から我儘いっぱいに育ち、何でも願いはかなうと思っていたお嬢さま気質ゆえだ。

八十代になってから宮尾がしばらく〝行方不明〟になっていたことがあるというのはすでに書いた。東京・狛江の家を離れ、親しい編集者たちや知人にも行き先を教えなかった。実は故郷の高知で暮らしていたのだ。この際も、宮尾が頼ったのは喜代子であった。

「東京から電話で『今度高知に帰りたいんだけど、夜だけ泊まりに来てくれる？』と聞かれました。私は距離によるよ、と答えました。自転車で行ける距離やったらいいよって。私まだ自転車に乗れますので」

宮尾はお城の近くのマンションを買い、喜代子は宮尾が再び東京へ戻るまでの一年数ヵ月、平日はそこに通った。報酬はちゃんと支払われたという。

このことは宮尾自身から直接私も聞いているし、エッセイにも書かれている。大家族で暮らしてきた自分は一人になるのが怖い。一人では眠れないと。まだ元気な頃である。

ベッドから落ち、骨折して背中が曲がってしまった宮尾は、生活に不安があった。

「いつでも異変に気づけるように、ドアを開けて隣の部屋で寝ていました。ある時ガタンと大きな音がしたので行ってみると、宮尾さんがトイレから戻る時に杖を落としたんですよ」

この頃の宮尾は本も読まず、眠ってばかりいたという。書くことはもちろんしていない。

宮尾の秘書でもあった長女が高知県内に戻っており、彼女とは行き来があったものの、宮尾が心から信頼し、まるで姉妹のように頼っていたのが喜代子だったのだ。

「どうしてそこまでしてさしあげたんですか」

という私の問いに、本当にわからないんですよ、と何度も言った。

「あの人には、世話してあげなきゃいけないって思わせるところがありました。本当にほっとけないんですよ。綺麗で、勉強が出来て、人気者だった頃から変わってないんです。何かしてあげなくてはと思わせるような可愛い人なんです。小学校五年生で初めて会った時、もう主従関係のようなものは決まっていたんじゃないですかね。いや、私のことは、気の置けない妹とでも思っていたのかもしれない」

喜代子は、自分のうちは貧乏で、私は頭も顔もふつうだったしと何度も謙遜するのであるが、昔はさぞかし美しかっただろうと思われる顔立ちだ。お子さんたちも優秀で、海外で国際関係の仕事をされているという。幸福な人生をおくってきた人独特の穏やかなものごしだ。

今から八十年前、二人の少女の間には深い友情が芽生えていたのであるが、それはある時崩れる。喜代子が県立第二高女に合格し、宮尾は第一高女の受験に失敗するのだ。

優等生だった宮尾にとって、初めての挫折ではなかっただろうか。怒りと悲しみの持っていきようのない宮尾は、それを親のせいにしたとエッセイ「浮き沈み五十年」に書いている。親がこんな稼業だから私は女学校に落ちたのだと。

この時を境に宮尾は喜代子から遠ざかる。県立高女の制服を着た親友の姿を見ることが、宮尾には耐えられなかったのであろう。

第六章　学歴

十年ぐらい前のことであった。食事をしている最中、宮尾が突然こんなことを言い出した。

「私はこのあいだ瀬戸内（寂聴）さんに聞いてびっくりしたの。東京女子大って当時は専門学校で、三年制だったのね」

ええー、そんなこともご存じなかったんですかと私は声をあげた。戦後生まれの私でさえ、そのくらいのことは知っている。戦前、女性を入学させたのは東北帝大など少数である。大学と名づけていても、日本女子大と東京女子大は専門学校という位置づけだったはずだ。

「私はあれほど憧れていたから、本当に驚いたわよ」

こちらの方が宮尾の言葉に驚いた。こんなことも知らずに、本当に受験したのかと訝しくさえ思った。

『春燈』は、『櫂』に続く〝綾子もの〟と呼ばれる自伝的小説であるが、やや冗長な印象を受ける。『櫂』ほどの迫力は感じられない。思春期の少女の進学と学校生活をテーマにしているせいもあるだろう。エピソードの細部が正確過ぎるゆえに、物語的面白さが薄まっているような気がする。

ここには宮尾が受験したり通学した学校が実名で出てくる。

昭和十四年、第一高女の入試に落ちたという事実は宮尾をうちのめした。絶対の自信があったのだ。

「その頃の高知市の女学校には県立に第一と第二とあり、私立は土佐高女、高坂高女の二校で、教師と相談の上、成績によって大体この順位で受けるのが慣わしになっている」

（『春燈』）

一・八倍の倍率であった。宮尾は自分が落ちるとはまるで考えていなかったようで、合格発表の後、ひどく落ち込んだ。しかもその後級友から、成績はよかったのに家の職業のせいで落ちたのだという噂を聞かされ、大きな衝撃を受ける。それまでの劣等感がいっせいに噴き出した形になったのだ。この思いを父にぶっつけ、大変な怒りを買うのは『春燈』の印象的なシーンだ。

結局、女子師範付属小学校高等科に入学し、二年後、私立高坂高等女学校三年に編入する。この女学校のことを宮尾は自嘲気味に表現する。

「バカ坂だけは行きとうないねえ」

と小学校時代に級友と言い合ったというのだ。

小学校来の親友・喜多村喜代子にこの高坂のことを聞いてみると、

「バカ坂と言われるようなことはなかったと思います」

と言う。事実、宮尾はこの女学校で案外楽しく過ごしたようであるし、後年同級生とも交流を持っていた。『宮尾登美子全集』（朝日新聞社）第二巻の月報には、当時の国語教師がエッセイを寄せている。今となっては貴重な証言だ。

佐藤いづみというこの女性教師は、宮尾が演じた歌舞伎の「勧進帳」の劇のことをよく憶えているという。四年生の時の予餞会だった。予餞会というのは、古めかしい言葉であるが、在校生が卒業生のためにさまざまな出し物をする学校行事のことだ。送別会のようなものであろう。ここで宮尾は義経を演じている。顔を白く塗り、濃い化粧をした宮尾が確かに美しいことにも興味をひかれる。なぜなら当時の宮尾を知る何人かが、宮尾を美少女と表現しているからだ。『春燈』の中でも、宮尾は自分のことを、近隣の中学生たちの憧れの的の「浦戸（うらど）小町」と書いているのであるが、写真だとセーラー服姿の彼女は平凡な少女、という印象しかない。しかしこうして白粉（おしろい）を塗ると、整った目鼻立ちもはっきりするのだ。

佐藤もこう書いている。「美少女岸田」と。そして佐藤はこう続ける。

卒業生代表、総代を決定することになった時、何人かの教師は強く宮尾を推した。

「成績抜群の点、友人間にも好かれ無類の世話好き、信望のあること」

そして指導などしなくても送別の文章を書けそうだ。毛筆で文字も書ける。それなのに、

「が、ひとしきり、高まった後、急にひそまり返った空気になったのはなぜだったろう」

やはり家の職業がここでも問題にされたというのだ。

こういう空気をはね返すように、宮尾は進路調査書に、「進学地東京」と書く。日本女子大か東京女子大が希望だった。が、これは父親の強い反対や戦時下であることで断念させられる。

『春燈』には、女子大の一次試験に受かったこと、東京が駄目なら「大阪女子医専」はどうかと勧められたことが、いささかくどくどしく書かれている。

宮尾にはいくらか学歴コンプレックスがあったのかもしれない。女子大に行きたかったのに、親の反対で断念した無念さを何度か聞いたことがある。

それについて古い編集者は、女流文学者会の影響が大きいのではないかと指摘する。女流文学者会というのは、一九三六年に結成された親睦団体である。初代会長は吉屋信子だ。八〇年代以降は芝木好子、河野多恵子、大庭みな子、佐藤愛子、津村節子、杉本苑子、平岩弓枝、津島佑子が会長となった。二〇〇七年に、「役割を終えた」ということで解散となる。後援していた中央公論社の破綻も大きかった。私も終わり頃入会させてもらったが、確かにもはやあまり意味をなさない団体という気がした。しかし、宮尾が活躍した八〇年代はまだまだ盛んで、円地文子が君臨していたのである。

「円地さんは国文学者の上田萬年の娘だし、大庭さんにしても平岩さんにしても高学歴の方ばっかり。やはり地方の女学校だけの学歴では肩身が狭かったかもしれない」

という編集者もいる。

「だから宮尾さんはしつこく女子大のことを言ったんですよ。本当は東京女子大に行くつもりだったとか、日本女子大の一次に受かっていたとか。これだけの人気作家になったんだから、あそこまで言わなくてもいいのにとみんな思ってました」

その女子大に関して、三年制の専門学校と知らなかったというのだから不思議な話だ。宮尾は小説を書くためもあったが、茶の湯や骨董、香と広範囲に深い教養を持ち、歴史や古典の知識も備えていた。その宮尾がいつまでも学歴にこだわる必要はなかったのだ。

ともかく進学の夢を断たれた宮尾は、高坂高女に進み、卒業後は家政研究科に進んだ。当時の女学校は五年制か四年制であったが（編集部注・高坂は四年制）、その上に二年制の専攻科があるのが一般的であった。短大と考えてもいいかと思う。高坂のこの研究科は一年だけであったが、卒業すると国民学校初等科訓導、いまでいう教員資格をもらえることになっていた。しかし宮尾はこの家政研究科も中途退学し、たった十七歳で国民学校の代用教員となる。

戦時下の教師の立場が、私にはよくつかめていない。師範学校出の教員数は足りず、特に山間部では不足していたらしい。昭和十六年四月には国民学校令により小学校が国民学校と名前を変えており、同年十二月八日、真珠湾攻撃によって太平洋戦争が始まる。宮尾が中途退学した昭和十八年末には戦局も悪化し、適齢の男の教員はどんどん戦地に送られていた。高等女学校を出たばかりの宮尾が思い立ってすぐ職を得られたのも、そうした時代状況が背景にあったのだろう。

ところでここでまた、私たちは作家のフィクションを知ることになる。小説『春燈』では、宮尾は父の束縛から逃れるために教員になり、そして父の目の届かない山間に就職したことになっている。が、

「そもそも卒業目前の退学というのは、いかにも不自然である」

と異を唱えているのは、『宮尾登美子　遅咲きの人生』の著者、元産経新聞編集委員の大島信三である。

「翌年三月の卒業まで待てば、初級訓導の免状を取得できるのだ」

著者はこのように推理する。就職には陰で父親が力を尽くしていた。なぜかというと、女学校の一クラスが、まるごと遠方の軍需工場に送られるかもしれないという情報が飛び交っていたというのだ。

確かにそう思って『春燈』を読むと、綾子、すなわち宮尾は、親元にたっぷり仕送りをしてもらい、代用教員では考えられないような生活をしているのだ。「親の反対を押し切って」では不可能なことであろう。

この頃宮尾は、義母（養母と離婚後、猛吾が再婚した）のはからいで見合いをしている。京都大学農学部在学中の学生だったという。この他にも慶應（けいおう）義塾大学医学

部学生、中学校教諭からの聞き合わせがあったとも書いて（話して）いる。聞き合わせというのは、

「いま結婚する意思はあるのか？」

という縁談の始まりのことだ。

家業の問題はあったとしても、父親の財力と宮尾の美貌（びぼう）は目立っていたに違いない。が、こういうことを詳しく書くところにも、宮尾の学歴に対する強いこだわりが現れているような気がする。

後年、彼女の親しくつき合う男たち、朝日新聞社社長の中江利忠、文藝春秋社長の田中健五、作家の加賀乙彦（おとひこ）らは東大の出身である。旧制高校の文化の香りを匂わせている男たちだ。少女の頃の宮尾にとって雲の上の人たちであったろう。彼女が好む男たちは、みんな輝かしい学歴とインテリジェンスを持っていた。

第七章 『櫂』の世界

『櫂』は宮尾の出世作である。私を含めてこれをいちばん好きな宮尾作品にあげる読者は多い。私はおそらく二十回以上読み返した。日本の女の奥深さを、これほど緻密(ちみつ)に書いた作品は他にない。丁寧な文体も、日本の物語の伝統を持つ。そしてなんともいとおしい登場人物たち。

たとえば地方の駅に降りたつ。手持ちの本がない。駅前の小さな本屋の文庫コーナーに宮尾の本を見つけると必ず買う。どうして何度も同じ小説を読むのか。答えはひとつ。同じ快感を得たいからだ。『櫂』は、その快感をいちばん与えてくれるものだ。

今回、読み直そうとして『宮尾登美子全集』第一巻を取り出した。もったいなくていつも文庫を読んでいたので、開くのは久しぶりだ。そして拡げたら、見返しに

宮尾のサインがあった。流麗な毛筆で、

「林真理子様のために　心をこめて　宮尾登美子」

とある。

私はこのサインをしてもらった時のことを憶えていない。おそらく宮尾は、出版社から私に直接送られた贈呈本であるこの全集の第一巻に、こっそりと署名をしてくれていたのだろう。今になってわかる宮尾の気遣いだ。

さてこの全集の第一巻に収められた『櫂』には、宮尾のいちばん重要なものがぎっしり詰まっているといってもいい。

主人公喜和は、宮尾の育ての母・喜世がモデルとなっている。潔癖で純粋ゆえに、やがて夫に去られる女性を、宮尾は愛情を込めて細やかに描く。十五歳で初恋の相手、岩伍と結婚する喜和であるが、夫はやがて芸妓娼妓紹介業を始める。水商売とは無縁の家で育ち「青竹が着物を着たような娘」と表現される喜和は、このことが我慢出来ない。

「女郎屋とは何を為る所なのか大凡察しのつく歳になってからなお、そんな場所へ女子を世話する女衒というものは、『子盗り』などよりもっと酷い仕業故、世間から人間うちの人間として扱われないのだと喜和は自分なりに頑固に思決めてしまっていた」（『櫂』）

こうした妻と、紹介業を「人助けのため」と心から信じている夫とは、次第に亀裂が拡がるばかりである。そして宮尾が十二歳の時に、ついに両親は離婚するのだ。宮尾は血のつながった父ではなく育ての母の方に引き取られる。というよりも、絶対に母と別れて暮らしたくないと言い張ったのだ。

この頃既に宮尾は、自分と母とは生さぬ仲だということを知っていたが、母への愛情は全く揺るがなかった。それよりも母を捨てた父への憎悪が芽生える。甥の岸田によると、『櫂』の後半部分、「お母さんをいじめると許さない」と、刀を取り出すのは実話だという。この時確かに少女の宮尾は日本刀を振りまわしたらしい。いくら説得されても父のところへは行かず、母が始めたうどん屋で暮らし始めるのだ。

しかし、保護者が姓の違う女親では、女学校受験に不利ということで、宮尾は三ヵ月もたたず父親の元に引き取られることになる。合格するまでの間と宮尾は考えていたようであるが、前にも書いたとおり、女学校不合格や、その後の進路の迷い、編入試験などにより、父との同居は代用教員になるまで続くこととなった。

父の家には女性がいる。玄人(くろうと)ではない。小説では照という名の年増で、田舎(いなか)出の女性だ。しかも二人の子連れである。照は岩伍によく仕え、仕事も手伝っていたようだ。岩伍は仕事の理解者を得て、初めて満足のいく家庭生活をおくることが出来た。照の二人の子も大層可愛がり、やがて宮尾の兄である次男の反対にもめげず彼女と子どもたちを入籍する。

ここに波風を立てたのが宮尾だ。義母となった照と二人の子どもたちを「使用人」と見下し、絶対に家族と認めないのだ。

私が知っている宮尾は、おっとりとした優しい女性であった。気配りも半端ではなく、お金の遣い方はとても鷹揚（おうよう）で気前がよい。

こんなことがあった。私が『週刊朝日』の対談で、狛江の自宅を訪ねた時のことだ。ちょうど昼時分で、宮尾は築地の「吉兆」本店に、カメラマンも含めて人数分の弁当を注文していた。「吉兆」本店は朝日新聞社のつい目と鼻の先にある。

宮尾はもうお金は払ってあるから、社を出る時にそれを受け取ってくるようにと編集者に頼んだ。昼どきに豪華なお弁当を頬張ったことや、

「こんな近くに勤めているのに、『吉兆』に入ったのは初めてです」

とはしゃいでいた女性編集者の様子を、ついこのあいだのことのように思い出す。遠いところまで取材に来た労をねぎらってくれたのである。一緒に行った料理店

で、ポチ袋をさりげなく仲居や板前に渡すのを見たことも何度かある。

そんな宮尾が、力の弱い立場の人間をいじめ抜いたとは想像出来ない。『春燈』の中には、おかわりの茶碗を差し出す連れ子の譲に向かって、

「うちが先よ。使用人はあとや」

と主人公の綾子が言いはなつシーンがある。普段はおとなしくじっと耐えていた彼が、憤怒のあまり泣き声をあげ綾子にとびかかっていく。この少年は『春燈』の中では淡々と描かれているが、綾子へ複雑な思慕の念を抱いているのはあきらかだ。

ある時、尋ねたことがある。

「あの譲という男の子は、先生のことが好きだったんじゃないですか」

「そうなの」

という返事が即座にかえってきた。

「彼は（という言い方をした）、私のことが好きで好きでたまらなかったの。本当にひどいことをしたわね」

照でさえ宮尾を「お嬢さん」として扱った。宮尾だけ個室を使っていた。そんな家の中でほぼ同い歳の少年少女が暮らすのだ。葛藤が生まれないはずはない。しかも宮尾が第一高女の入学試験に落ちた年、少年は県立海南中学の試験に合格してし

まう。誇り高い宮尾はさらにねちねちと少年をいじめる。自分に対する思いをはっきりと感じながら。少年にとってはどれほど残酷な歳月であっただろうか。この少年に、岩伍は大学受験を勧める。自分の本当の娘の進学にはあれほど反対していたくせにだ。情の篤い岩伍がよかれと思ってしたことは、自分の娘の心にも、育てた少年の心にも、いつのまにか暗黒を生み出してしまった。

結局譲は大学受験を放棄してしまう。

「その方はご健在なんですか」

という私の質問に、

「それがもう、とうに亡くなってしまったの」

宮尾の声が忘れられない。しごくのんびりとした口調だったのである。背景となる人々をわりと無雑作に扱う女性作家の残酷さだったのか、それとも悼むあまりの無表情だったのかよくわからない。

私は同じ口調でもう一人の男性のことを聞いた。それは宮尾の最初の夫のことである。ある時、食事の最中、

「私は引き揚げてからのことを書きたいと思っているの」

と言った。

「『朱夏（しゅか）』の続編ですね」

この前半はやがて『仁淀川（によどがわ）』として結実する。満洲から引き揚げた後、農家の嫁としての人生を歩む綾子が描かれるのだ。しかし、

「そうなのだけど、前の亭主が生きている間は、書くことは出来ませんよ」

という発言は驚きであった。この時宮尾は、モデル問題をめぐって幾つかのもめごとを抱えていたはずだ。その宮尾にも、書くのに遠慮する人物がいて、それが別れた夫というのは意外であった。

宮尾はその男性のことをこう綴った。

とてもよい人で、俳優のマルチェロ・マストロヤンニそっくりだった。安居（やすい）国民学校の前田先生といえば、美男子で有名であったらしい。

十七歳の宮尾が心奪われるのは当然と思われる。

昭和十八年、高坂高等女学校を卒業した宮尾は、ここの家政研究科に進むが、結局中退して、安居国民学校の代用教員となる。まだ十七歳であった。とにかく父から逃れたい一心で、遠く離れた場所を希望したと宮尾自身は書いている。

給与は月二十四円であったが、贅沢（ぜいたく）に育った宮尾が、それで生活出来るはずもない。あれほど嫌った猛吾からたっぷりとお小遣いをもらい、それで下宿先の家の持

ち主である料亭の女将に、肉や卵を買ってもらう毎日だった。

やがて郵便局長をとおして、同僚だった前田薫（かおる）との縁談が持ち込まれる。

「結婚が父への反抗ばかりとはいえず、また『早婚』を奨励した戦時中の国策ともいえないが、ともかく家を出たかったし、父とも離れたかった。だからこそ結婚相手は小学校教師、家は農業、という下町育ちの私とは全くそぐわぬ堅い一方の人を選んだ」

（『宮尾登美子　私の世界』）

家業に逆らうようにもの堅く生きてきた娘にとって、前田は初めての恋の対象であったに違いない。

そして十七歳で宮尾は前田と結婚する。父親は反対した。当時は女学校を卒業し、十七歳で嫁ぐ女性は珍しくなかったが、宮尾は家事も仕込まれていない全くのお嬢さま育ちだ。しかも相手は農家の長男だという。前田の学歴が低かったのも気にくわなかったようだ。

「大学出の婿（むこ）をもらう」

というのが猛吾の念願であったからだ。が同時に、いくら反対しようと、自分の思うことは必ずかなえる娘の気性もわかっていたに違いない。しぶしぶと父親は娘の花嫁仕度を始めた。

そして昭和十九年、宮尾は池川の「いな垣」という旅館で簡単な式を挙げ「農家の嫁」になるのである。この今はない古い旅館については、「いな垣」で仲居をしていたという読者の方が連載中に手紙をくださった。「いな垣」の社長は子どもの頃見た宮尾の美しい花嫁姿について、よく語っていたという。

後年の宮尾の華やかな人生を知っている私たち読者にとって、この「農家の嫁」というのはどうもピンと来ない。

実際に農作業をしたのかについても謎が残る。晩年、この評伝のための取材を改めて申し込んだ私に、宮尾はやや聞き取りにくくなった口調でこう言った。

「私はね、本当は農作業なんか、なんにもしていなかったの」

実は、農家の長男に嫁いだ宮尾であるが、夫の希望どおりすぐに満洲に渡ることになっていた。もう二度と帰らない覚悟であった。

第八章　農家の嫁

「農作業なんか、なんにもしていなかったの」

という宮尾の言葉は、いったい何を意味しているのであろうか。

宮尾は農家の嫁としてのエッセイをいくつも残している。中でも私が好きなのは『女のこよみ』という一冊だ。

これは「家の光協会」というJA（編集部注・当時は農協）グループの出版部の月刊誌に連載されていたため、多分に農家の人たちを意識している。細やかにそして楽しげに農村の暮らしが描かれていて、一部は全集にも収録されている。

「私が農村で暮したのは、昭和二十一年満州から引揚げてきてからのことである」

（『女のこよみ』）

と宮尾は書いているが、実際は結婚してから半年ほどは夫の実家で暮らした。この時は妊娠しており、町よりも食料状態のよい農村に行ったほうがいいという周囲の判断があったことと思われる。「身二つ」になるまでの間、宮尾はおそらくお客さま扱いだったはずだ。長女が生まれて一ヵ月もしないうちに、夫は満洲から一時帰国し、妻と子どもを連れてまた渡満する。

そして間もなく、満洲で終戦を迎えた宮尾は、難民生活の後、奇跡のような帰国を果たすのであるが、体の弱かった宮尾は、農家の嫁としての生活が始まって半年ほどして肺結核と診断される。

「以前のように野良には出なくてもよいことになり、子供の守りをしながらこのときから少しずつ小説らしきものを書きはじめたのである」

（「浮き沈み五十年」）

そして『女のこよみ』をよく読んでみるとそこに住む人々や暮らし、行商人、蚕（かいこ）のことは書かれているが、実際に鍬（くわ）や鋤（すき）を持った描写はまるでないことに気づく。

宮尾が亡くなってすぐの頃、ＮＨＫから追悼番組に出るように頼まれた。宮尾が特に可愛がっていた女優、檀ふみも一緒だ。

途中、檀ふみが宮尾の日記を読み始めた。それは明日も一反（たん）以上の草取りが待っている、という内容で、私はこれに異を唱えた。

「これって本当のことですかね。作家は日記でよく嘘をつきますから」

すると檀ふみも頷いた。

「一日に一反は多いですものね」

すると間もなく、私の家に視聴者から一通の手紙が届いた。あなたは農家の暮らしをまるで知らない。一日にそのくらい草取りするのはあたり前のことだ。まことに見当違いもはなはだしい。宮尾登美子さんに失礼ではないか。

私は長い返事を書いた。これは文学上の見地から述べた発言で、自分は生前の宮尾さんから直接、私は畑仕事をしたことはない、と聞いています、と。

が、それにしてもあの時の宮尾は、どうしてきっぱりと否定したのであろうか。それは「農家の嫁から人気作家へ」というイメージに、いい加減終止符を打ちたかったからではないだろうか。最初のうちはまるで抵抗のなかった「主婦作家」という肩書きも、ある時から宮尾は嫌うようになっていく。作家としての自分は、もはやそんな段階は過ぎたと考えたからに違いない。

宮尾が「農家の嫁」として暮らした高知市春野町は、合併される前は吾川郡弘岡上ノ村と言った。行ってみると、案外高知市街から近いことに驚く。市の中心部から車で二十五分ほどの距離である。

「ですけどトンネルの出来る前は、山をひとつ越えなくてはならない。途中までバスや電車でいったとしても、かなりの距離になります」

案内してくれたのは、高知市で建築事務所を経営する門田義仁である。肺結核が治った後のことになるが、宮尾の嫁ぎ先は堤防工事で農地をかなり売ってしまう。このためか宮尾は、近くの新しく出来た村立保育所に保母として勤務することになる。六十代の門田はそこでの教え子だ。

「とても綺麗な先生でしたよ。でも怒ると怖かった。当時は子どもらがよく保育所から脱走したんですが、前田先生は、畝から畝へ飛びながら追いかけていました」

保育所は別の場所に移転していた。四月ということもあり、私が訪れた時は周囲の田んぼには水が張られていた。前を流れる用水路は思っていたよりもはるかに幅広く、猛烈な勢いで水が流れている。こんなところに子どもが落ちたらひとたまりもない。保母が神経質になるのもわかる。

「夫の実家は、耕地の少ない高知県のなかでも、土佐のデンマークといわれる平地のなかにあり（後略）」

「私の住居は、村から紙の町伊野へ抜ける幹線道路のすぐわきにあり、道端の家というのは気安く誰でも入れるので、よくもの売りが立寄ったことだった」

（『女のこよみ』）

という文章から、私はかなり広い街道にある大きな農家を想像していたのであるが、「ここが先生のおうちでした」と教えられた家は、思っていたよりもずっと小さかった。庭も狭く七、八十坪くらいの広さだろうか。前の道路もとても狭く、車がすれ違うのがやっとだ。

もっともこのあたりは、どこも庭が小さく、むしろ住宅地の雰囲気だ。その中で宮尾の嫁ぎ先もふつうの大きさといっていい。ブロック塀に囲われ、ごく平凡な二階家が建っていた。宮尾が離婚した後に売られ、今は別の人が住んでいる。家も建て直されていたが、

「左側のお風呂の建物は昔のままかもしれないですね」

門田は懐かしそうに見上げる。

門田は私たちを親切にも車で案内してくれたうえ、地元のお年寄りに声をかけてくれた。

嫁ぎ先の三軒隣に生まれ育った前田の幼なじみだという女性は八十代終わり、名前を濱田綾さんといった。

「登美子さんの小説に出てくる『綾子』というのは、私の名前を思い出してつけたのかなと思います」

彼女は宮尾から洋裁を習っていたという。本を借りたり、結構親しくしていたのだ。

「おばさんが穫ってくるものを洗ったり干したりはしたけど、外で畑をやることはなかったと思いますよ」

町から来た「前田の嫁さん」は体が弱くて、近所の嫁たちはあまり親しく口をきくこともなかった。

通りかかった別の女性も話に加わる。

「私の結婚式に千代さんが出てくれたけど、あの時はもう高知で暮らしてたんちがうか。この家を出ていかなならんようになって、本当に気の毒な……」

綾さんは言葉を濁すが、宮尾が借金をして前田家は弘岡上ノ村にいられなくなり、家や畑を売って高知に出た、というのは他の人からも聞いた。どうやらこのあたりの定説になっているらしい。

いや、宮尾が借金をし、保育所時代の友人を保証人にして多大な迷惑をかけるのは弘岡上ノ村を出てからのことではないか。田畑や家を売ったのも、前田夫妻の職場が高知市内に移るなど、別の事情によるものではと思うが、噂はいつしか伝説となってこの村に根づいているのだ。有名人の持つ宿命というものであろう。

女性たちは姑（しゅうとめ）の千代のことを口々に誉（ほ）めそやす。

「あんないい人はいなかったよ。体は大きくてよく肥（こ）えてた。背も高くてね。本当によく働く人だったねえ」

小説の中では「いち」という名前になるこの姑のことを、宮尾もエッセイで賞賛している。

「姑は身体強健な上になお志操も堅固な立派な婦人で、離婚によってこのひとと嫁姑の縁が切れてしまったいまでも、私はとてもなつかしく思う」

（『女のこよみ』）

二十代で夫を喪（うしな）ってから、女手ひとつで三人の子どもを育てた。宮尾が嫁いだ時は八十代の、千代にとっては舅（しゅうと）にあたる、亡き夫の父を抱えていた。宮尾の読者ならば、この「いち」のことが気になってたまらないはずだ。

が、「いち」の消息は思いがけないところから知れた。それは本当に不思議なめぐりあわせであった。おいおい話していくが、何度か高知を訪れているなかで、まるで宮尾が力を貸してくれたような取材があった。

それは平成二十七年『高知新聞』に載った一通の投書がきっかけであった。宮尾の乳兄弟にあたる人のことが書かれた、その投書の主に接触したところ、

「この人にも話を聞いてみたら」

と紹介されたのが、宮尾と血縁の女性であった。

後述するが、この女性から予期せぬ縁がつながるのである。

第九章　二人の母

いくら高知が狭いといっても、こんな偶然があっていいものであろうか。

血縁の女性は澤田美津子といい、宮尾のいとこにあたる。娘義太夫であったという宮尾の実母の、弟の次女である。

『高知新聞』に「宮尾登美子さんのこと」の題で、「緑町に育った母の追悼集がきっかけで、宮尾さんと乳姉弟が再会した」という思い出話の投書が載った。その投稿者の西山寿万子（すまこ）に連絡をとって会ったところ、

「私の母の幼なじみが宮尾さんのお母さんの血縁です」

とその場で美津子を紹介されたのだ。

美津子は八十六歳になるが、愛らしく華やいだ雰囲気の女性である。おしゃれな洋服やきちんとした髪は、余裕ある生活を思わせる。夫は国会議員の秘書をしてい

たという。

取材の最中、ふと美津子は言った。

「そういえば、私が趣味で習っている日本舞踊のお教室に、宮尾さんの前のご主人の奥さんがいらっしゃいますよ」

思わず編集者と顔を見合わせた。本当に驚いたのだ。私は美津子に頼み込んだ。

「なんとかして前田さんの奥さんに会えないものでしょうか」

美津子はしばらく考えていたが、

「明日ちょうどお教室があるので、前田さんに聞いてみましょうか。でも前田さんはいらっしゃるかどうかわかりませんけど」

次の日は五時の飛行機を予約している。その前に会わなくてはならない人もいる。こちらの勝手な都合であるが、なんとかお昼までに会えないものだろうかと言った。

次の日午前中の十時ごろ、美津子から電話があった。前田さんは教室に来ている。直接会って交渉してみたらどうかというのだ。しかしいきなり教室に行くのはあまりにも失礼であろう。相談した結果、編集者が美津子に伴われて教室に行き、私は教室の向かいの飲食店で待つことになった。

やがて編集者が戻ってきた。藍色の着物を着た女性と一緒だ。もう一人の姿勢のよい女性は、お教室の先生らしい。教室では「林真理子が来る」と、ちょっとした騒ぎになっているらしく、私たちはとても恐縮してしまった。

前田夫人は、驚いているのと、とても緊張、いや警戒しているのか、少しこわばった表情だ。エキゾチックな美しい人で、ぴしっと伸びた背すじといい、とても八十六歳には見えない。

「私は何も知りませんよ」

しばらくしてやっと口を開いてくれた。

「主人から宮尾さんの話を聞いたことはなかったです」

彼女は結婚前、高知新聞社の関連会社に勤めていた。宮尾の二番めの夫が、『高知新聞』の記者だったことを考えると、これも不思議な縁である。

「それで千代さんはその後どうなさっていたんでしょうか」

「一緒に暮らしていました」

宮尾の姑、小説では「いち」という名で出てくる、働き者で辛抱強い女性は平成元年、九十三歳で亡くなったそうだ。

「姑からもなにも聞いたことはありません」

愚痴も昔話もいっさいしなかったそうだ。宮尾の小説はおろか、映画やテレビドラマも話題にならなかったという。

「千代さんはとても畑仕事が好きだったようですが」

「そのために、高知市の家の近くに畑を借りておりました」

亡くなる前に脳内出血で入院するまで元気に農作業をしていたそうだ。歌が好きで、よく歌っていたという。千代が安らかな晩年をおくり、息子(むすこ)とこの優しい嫁に看取(みと)られてこの世を去ったと知って、私の心は温かくなった。一読者としての小さな心のトゲが一気に無くなったような気分だ。ちなみにその取材の日は四月十三日、宮尾の誕生日であった。


宮尾はあの世から、私たちの行動を見てくれているのではないだろうか。そうとしか思えないような出来事が前日から続いていたのである。

宮尾がよく利用していたホテルのコーヒーハウスに来てくれた美津子は、一枚の写真を持参していた。それは七十代とおぼしき宮尾と一緒に撮ったものだ。

「私は定年まで、高知県の東京事務所に勤めていたんですが、その頃日比谷(ひびや)の芸術座で宮尾さんの『寒椿』が上演されることになりました。宮尾さんが事務所に立ち寄られて招待券をくださったそうです。私はちょうど席を外していて会えなかったのが本当に残念で。その後、高知の講演会に伺って、この写真はその時に撮ったのです」

美津子はその時、「楠瀬登美子の妹」と名乗った。それには理由がある。生まれてすぐに貰われていった姪（宮尾のこと）を不憫がって、澤田の父親は長女に「登美子」と名づけたという。この二人の「登美子」は、昭和小学校の同級生なのである。おそらく宮尾はもう一人の「登美子」が自分のいとこだということを知っていたに違いない。

私ごとになるが、先日実家の墓参りに行ったところ、刻まれた名から、私を大層可愛がってくれた伯母も、「登美子」という名だったことに改めて気づいた。半世紀前に四十八歳で亡くなっているから、生きていれば「二人の登美子」よりもやや年上ということになる。当時は人気のある名前だったのだろう。

「登美子の妹」と名乗られた宮尾の反応はどうだったのだろうか。

「『ああ、そう……』という感じでしたかね」

そう驚きもしなかったが、相手が誰かははっきりわかっていたという。

「私の姉と宮尾さんとは小学校が一緒で、姉は第二高女へ、宮尾さんは高坂高女へ行きました。だからよく憶えているはずですよ」

もしかすると、『春燈』に出てくる、神戸で実母と会う手引きをした同級生のモデルは、この楠瀬登美子ではないだろうか、という質問に、美津子はそれはわからないと答えた。

ところでこの「楠瀬」という姓に注目してほしい。生みの母の姓は『春燈』では「楠本」になっている。「楠瀬」は高知に多い姓で、地元の人なら「楠本」が「楠瀬」から来ていると容易に想像がつく。宮尾は固有名詞を少し変えてフィクションによく使う。おそらく母の本当の姓を知ったうえでそうして使ったのであろう。

そうしているうちに、ホテルのカフェ店に一組の男女が入ってきた。

「中山進理（しんり）と岡村博子です。いとこ同士です」

美津子が呼んでいてくれたのである。進理は宮尾の父違いの兄にあたる楠瀬隆雄の次男、博子は同じく姉にあたる楠瀬美代の長女。つまり宮尾の母方の甥と姪になる。今まで宮尾の書いたエッセイにも、どんな本にも出てこなかった血縁の人たちだ。私は興奮した。進理は簡単な家系図までつくり、そこにある一人の名を指さした。

「これが私の祖母、明治二十七年に生まれています。宮尾登美子さんの実母にあたる人ですね。芳尾（よしお）といいます」

楠瀬芳尾。初めてつきとめた実母の名前だ。声も出ない私たちに向かい、さらに進理は言った。

「お祖母(ばあ)ちゃんの写真、持ってきたんでご覧になりますか」

こともなげにアルバムを開いてくれた。そこには娘義太夫の格好をした女性の姿があった。

「宮尾先生にそっくり!」

目鼻立ちが本当によく似ている、と思ったとたん、じーんと目頭が熱くなった。この女性が宮尾を産んだ人なのだ。この人のおかげで、私たちは数々の小説を読むことが出来たのである。

そしてわかったことがある。芳尾は五人の子どもを産んだ。上から隆雄、美代、そして登美子だ。その後、結婚をしないまま浄瑠璃(じょうるり)の弟子である政木芳太郎と暮らし、さらに二人の女の子を産むが、末っ子はすぐに養子に出した。登美子と同じように、自分の手元では育てなかったのである。当時としてはかなり奔放な生き方ではなかったろうか。

「これは叔母(おば)の一人から聞いた話ですが、祖母は『約束が違(ちご)うとった』と言っていたというのです」

博子はそれ以上詳しいことは知らないというが、岸田猛吾は妻と別れて芳尾と一緒になることを約束していたのではないか。そのつもりで子どもを産んだと、芳尾は娘に言いたかったのかもしれない。

その芳尾の孫が、今ここにいる進理と博子ということになる。博子はショートカットの若々しい女性だ。とても七十三歳には見えない。進理もずっと若く見える。こういう言い方は失礼かもしれないが、宮尾の甥と姪にあたる人が、経済的にゆとりがあり、知的な人たちだということが私にはとても嬉しかった。彼らから聞く芳尾の晩年が、とても安らかなものだったということもだ。

はからずもこの取材旅行で、私は宮尾の二人の母が長生きをし、まわりの家族から大切にされて生涯を終えたことを知ったのである。

第十章　兄と妹

宮尾の産みの親、芳尾についてもう少し書きたい。この母親の存在が、後の幾つかの作品に深く影響していると思われるからだ。『櫂』をはじめとする小説にも登場する実母について、宮尾は多くを語らない。これは自分を育て愛してくれた養母に対する遠慮もあったであろう。実母についてはほとんど知らないとも言っている。が、本当は『春燈』に描いた神戸の出会いだけでなく何度か会っているのではないかと私は今推察している。なぜならば、芳尾は昭和四十五年に七十六歳で亡くなっているが、狭い高知の街だ。いくらでも顔を合わせる機会はあったのではないだろうか。事実宮尾は、父違いの姉、楠瀬美代と交際をしているのである。

くりかえすと、宮尾の実母・芳尾は最初の結婚で隆雄と美代という二人の子どもをもうけた。そして岸田猛吾との間に宮尾を産んだ後、やはり結婚をしないまま浄瑠璃の弟子である男性との間に二人の女の子を産んでいる。私たちが宮尾のいとこにあたる澤田美津子に高知で紹介されたのは、隆雄の次男・進理と、美代の長女の博子である。二人は宮尾の甥と姪にあたる。

昭和十九年生まれの博子は証言する。

「私が小学生の頃から、宮尾さんとは帯屋町（高知の繁華街）でばったり会ったりしていました。母が立ち話をしているのを、ああ、この人が『岸田のトミちゃん』かと思っていました。うちのおばあちゃんの娘だって、私たちはふつうに知っていましたよ」

小唄の師匠をしていた母・美代のところに電話をかけてきて、三味線の弾き方を教わっていたこともある。これは宮尾が東京で作家として成功してからのことだ。

「その母が認知症になってしまった時は、見舞いに行くからという連絡をもらいました。ところが当日の朝にまた電話があり、ものすごいスケジュールで行けんようになったからごめんなさいと。その時、電話の後ろでマネージャーさんか誰かが呼ぶ声がしてましたからね。こりゃあ、本当に忙しいんだろうなァってわかりました」

細々ながらも親戚づき合いはあったわけだが、宮尾はある線を越えることは許さなかった節がある。博子はこんな思い出話をする。

「私の娘が就職する時、あるテレビ局の試験を受けたんです。『お母さん、誰か東京で知らん？』って言うから、私、ひょっとしたらと思って宮尾さんに手紙を書きました。ほうしたら電話がかかってきて、『私は知らんぞね』。私が『えらいご迷惑かけました』って言ったら、『迷惑です！』ってがちゃんと電話を切られました」

こういう話を博子は笑ってする。別に怒っているわけではなく、有名人というのはそうしたものだろうと面白がっているのだ。

「ああ、楠瀬のことが嫌いなんだろうなあと思いましたね」

この博子の鋭さと諧謔（かいぎゃく）性には笑ってしまった。取材の場がぐっとなごんだ。

「祖母（芳尾）のことは、みんなぽんぽばあちゃんって呼んでましたね。いつも三味線をポンポンと弾いてるから」

そのぽんぽばあちゃんに、若き日の博子は肉親ゆえの遠慮のなさでこう怒鳴ったことがあるそうだ。

「あんたのせいで、みんな不幸になってるんや。あんたのせいで私は不幸になって、私の色が黒いのもあんたのせいや」

するとぽんぽばあちゃんは、

「女の子やのに、一番あんたがきつい」

と嘆いたという。

しかしぽんぽばあちゃんはとても幸せな人だったはずだと、博子はきっぱりと言った。

「だって内縁の夫のめんどうまで、長男にみさせていたんですよ」

博子より五歳年下の進理は、その芳太郎のことを本当の祖父だと思い込んでいたという。

「小学生の頃まで、おじいちゃん、おじいちゃんって言ってました」

「私は『バカやない、この子』って思ってましたよ」

博子はずけずけ言う。母の美代が離婚した後、博子たちは伯父（おじ）である隆雄に引き取られ、進理とは姉と弟のように育った。

「伯父は本当にえらい人でした。おばあちゃんにその連れ合いの芳太郎さん、そして私も私の母もぜーんぶひとまとめにしてめんどうをみてくれたんですよ」

芳太郎は高知市の上町（かみまち）で大きな桶（おけ）屋を営む家の長男だったという。家族も、大勢の弟子もいたが、浄瑠璃にのめりこみ、家を捨てて芳尾と結ばれるのだ。何度も記したとおり、二人の間には娘が二人いる。芳太郎は昭和三十九年、八十三歳で亡くなるが、死に水をとったのはまったくの他人である隆雄とその妻である。

「ぽんぽばあちゃんは、確かにちょっと色っぽいところがありました。浄瑠璃も上手で、三味線を弾きながら、あのいい声で色っぽい文句を口にしたら、男の人はぐっとくるかもしれませんね」

　ちょっと意外に思われるのであるが、奔放な生き方をしながらも芳尾は、長男にきちんと教育を受けさせた。大正六年生まれの隆雄は、高知工業学校に進んだ。理系の優秀な頭脳を持っていたらしい。卒業と同時に神戸製鋼に入り、芳尾も含めた一家は一時、神戸で暮らしていたこともある。二度召集されたが、なくてはならない人材であると、当時の国策会社はじき除隊させ復職させている。退職した時は技術課長であった。

「工場長の次ですから、高知ではナンバー2だったはずです」

　誇らし気に語る進理は、端整な顔立ちの紳士である。隆雄の若い時の写真も持ってきてくれたがよく似ている。いかにもエンジニアといった感じの理知的な男性であるが、切り絵の腕前はプロ級で、楠瀬掬星という名で句集も出していたそうだ。

　進理から、隆雄の『日月金銀（じつげつこんごん）』という句集をいただいた。凝った切り絵がいくつも載っている。くずした達筆で俳句が書かれており、私は読めなかったが、最後にちゃんと活字で一覧が出ていた。昭和四十五年のページに、「母逝去追慕四句」とある。

「貧しきを知る子と生きて秋ざくら」
「鬼灯（ほおずき）の庭少年の頃は広かりき」
「しんしはりしてつまべにの庭せばめし妣（はは）」
「壁面わたる陽脚と暮らす冬の妣」

宮尾だけでなくその兄も、母のことを書き残したと思うと感慨深いものがある。隆雄の句には限りない母への愛情が感じられた。

三人の男性との間に、五人の子どもを産んだ母である。思春期の少年にはつらいこともあったに違いない。しかし隆雄は愚痴ひとつ言わず、母の内縁の夫まで看取ったというのである。この人の人生も非常に興味深い。

「私はね、出来たらぽんぽばあちゃんと宮尾さんをちゃんと会わせてやりたかったと思いますよ。そうしたらおばあちゃんもいろんな事情を言えたのに」

と博子はしきりに言ったが、どうしても私は、宮尾が秘密裏に会っていたと思えて仕方ないのである。

「そういえば、ぽんぽばあちゃんが、宮尾さんの新聞小説の切り抜きをずっと集めていたと聞いたことがあります」

これははじめ博子の記憶違いと思われた。芳尾が亡くなったのは昭和四十五年、宮尾が私家版『櫂』を出すのは昭和四十七年のことである。

「だけど宮尾さんは、高知ではものすごく有名だったんですよ。『連』が新人賞をもらったりしていましたし」

博子に言われて気づいた。そうだ、私たちは宮尾の全国的な成功をもってデビューと考えているが、彼女はそれより前にこの高知でかなりの名声を博していたのだ。だから芳尾も当然、娘の活躍を知っていたはずである。あと三年、芳尾が長生きをしたら、『櫂』がベストセラーになり、さらなる脚光を浴びる娘の姿を見られたかもしれない。

が、考えてみると宮尾は、猛吾、喜世、芳尾と、三人の親がすべて亡くなってから自身の生い立ちなどを小説に書き始めるのである。当事者が一人でも生きていたら、躊躇したかもしれない。

「前の亭主がまだ生きている間は、『仁淀川』の続きを書くことは出来ない」

と言った宮尾の言葉を思い出す。

そして実母の芳尾は昭和四十五年二月十二日、息をひき取る。

「私は隣のうちに住んでいたから、ぽんぽばあちゃんの最期を看取りました。静かに逝きましたよ。布団の中から饅頭(まんじゅう)が出てきて。一人でこっそりと食べるつもりやったんかね、って皆で笑い合いました」

と博子は微笑(ほほえ)みながら語った。

宮尾は深い愛情と哀悼をこめ養母の人生を書き上げた。その『櫂』という作品は名作といわれ宮尾の出世作となった。五十七歳でもらい湯の帰りに、独りぼっちで死んだ養母のことを、宮尾は生涯忘れなかった。が、反対に息子に内縁の夫のめんどうまでみてもらい、皆に看取られて七十六歳で亡くなった実母のことはわずかな記述しか残していない。実母はその幸福ゆえに、娘の作家的興味をひかなかったのかもしれない。しかし実母の人生は、いつしかじわじわと宮尾の作品ににじみ出ていくのである。

ところで芳太郎の芸名は「芳花」といい、エッセイ「浮き沈み五十年」の中では、実母の芸名の一つとして記されている。宮尾は、実母の消息を知っていたと考えるのが自然だろう。

第十一章　満洲の少年

宮尾はさまざまなインタビューで語っているし、エッセイにも書いている。満洲での過酷な体験がなければ、自分は作家にならなかったであろうと。

終戦後引き揚げて暮らし始めた夫の実家で、宮尾は肺結核と診断される。死ぬかもしれないという思いの中で、あの日々を子どもに書き残したいとノートに綴り始める。それが自分の作家としての原点であったと言うのだ。

『朱夏』は集英社の文芸誌『すばる』で、昭和五十五年から連載を始めた。これは「満を持して」という風にも思われたし、やや意外なことのようにもとらえられた。

なぜならこの間、『櫂』『陽暉楼』『寒椿』『岩伍覚え書』とベストセラーを連発し、『一絃の琴』で直木賞を受賞、『鬼龍院花子の生涯』は刊行されたばかり。五十四歳の宮尾は既に堂々たる人気作家であった。「初志を貫徹した」といえないこともないが、この多忙な時に何も暗い満洲時代のことを書かなくてもいいのに、と思った人もいたに違いない。

事実宮尾は、平成七年に書いた「すばると私の二十五年」というエッセイの中で自分の気持ちの上での紆余曲折を記している。

しかし当時の水城顕編集長や担当者の執拗な説得に負けてしまう。宮尾の原稿をとるために、彼らも必死だったに違いない。

「何しろテーマは私の中国体験だし、これ書くために作家を志望したという私生涯の命題なので、そう軽々しく書けはしないのである」

「書きながら、まだ時期尚早ではないかという反省しきりで、それに、中国体験は私の恥部も恥部、できれば忘れてしまいたいほどの地獄絵図だったから、執筆はとても苦しいものだった」

（「すばると私の二十五年」）

途中あまりのつらさから、一年間の休載を申し出ているほどだ。

昭和六十年に連載が終了する『朱夏』であるが、今読み返してみても決して悲惨な「地獄絵図」にはなっていない。極限に生きた人間のあっけらかんとしたところもある。一種の成長小説の色彩を持っているのも魅力だ。

十七歳で結婚した主人公綾子は、お嬢さん気質がまるで抜けていない。渡満する時はどっさりと着物を持ち込み、開拓地での生活にそれこそおっかなびっくりだ。しかし敗戦による難民生活ですべてを失い、食べるためのふてぶてしさを身につけていくのである。他人の家に干してあるおむつを盗み出し、それを饅頭（マントウ）に換えてむさぼり食べる。同じように盗品の大豆をフライビーンズ（揚げ豆）にして町で売りさばく。

人間、飢え死にするくらいなら、何をしてもいいのだ。どんなことをしても生き抜かなくてはいけないのだ、という主人公の決意には、不思議な透明感と明るさがあり読者の胸をうつ。おそらく『朱夏』を〝若書き〟していたら、ただのつらい体験手記になっていたことであろう。しかしその時、数々の女性の人生を描ききった宮尾は人間を熟知していた。そのことが『朱夏』の奥深さを生み出したのである。

昭和十九年、宮尾は代用教員の職を辞し、前田薫と結婚する。その年の十一月、前田はひとり満洲に渡る。食糧増産のために故郷を離れる大土佐開拓団の子どもたちの教育が目的だ。単身で行ったのは、宮尾がみごもっていたからだ。初めての子どもは日本で出産しようと、あらかじめ話が出来ていたのであろう。

そして次の年の二月、長女が誕生する。この直後、妻と娘を迎えに前田が帰国する。が、戻って一週間後に出発するという慌しさである。これが開拓団渡満の最終行であった。多くの読者は思うであろう。どうしてあと五ヵ月、日本にとどまっていなかったのだろうか。そうしたら平穏な農村で無事に終戦を知ることが出来たのに、と。

ここに当時の高知の開拓団の様子がわかる資料『高知県満州開拓史』がある。それを見ると、前田家のあった弘岡上ノ村地区から渡満する者はほとんどいなかったようである。

宮尾らが渡満したのは第十三次開拓団の子どもたちの教育にあたるためで、結果的にこの開拓団が高知県では最後になった。それまでとは違って村ごとの編成ではなく、吾川郡の神谷（こうのたに）村、清水（きよみず）村、幡多（はた）郡大正（たいしょう）村など十ヵ町村の混成部隊となったのは、予定した数の開拓民を送り出すのがすでに困難になっていたためだろう。大土佐開拓団と呼ばれた十三次開拓団の団員数は家族も含め千六百八十二人だが、国民学校の教員と家族についての記述は資料にもなく、この数字に彼らは含まれていないものと思われる。このことが宮尾らの収容所生活に困難をもたらすのだ。

前田薫（小説では三好要）の渡満は、兄のように尊敬していた知人が現地行きの教師を募っているのを知り、彼を誘ったものだという。戦争末期までどうして彼らは徴兵されなかったのだろうか。当時成人男子は根こそぎ戦地へ連れて行かれたはずである。疑問に思うが、どうやら彼らが残っていたのは、弱視や既往症があったからで、そのことに屈託もあったようだ。一方宮尾は開拓中の僻地に行くことに、これといって不安も抵抗もない。宮尾の実家である岸田家は満洲との取引が多く、

「満洲の風俗は綾子にとって今までいつも身近にあり、富田の家へは客たちが満服を着てやって来ることもあれば、綾子にも土産だといって姑娘服をくれたこともある」

(『朱夏』)

というが、それにしても新京(編集部注・満洲の首都。現在の長春)や大連など、都会に行くのとはわけが違うのだ。しかも宮尾は満洲へ向かう時、自分の持ちものは浴衣一枚残さず全部荷づくりしている。完全に「骨を埋める」つもりだったと思われる。このあたりの心理状況は、戦後七十年以上たった今となっては不可解なのであるが、宮尾はこんな風に説明している。

「じゃあ、何故満州に渡ったかという問題がもう一つあるわけです。もちろん一応の理由は教育報国ということで国家に尽すということがありました。ところが一〇

○パーセントそれだけだったかといえば、そうではない。私の内面にあったものは、空襲のない満州に逃げたいという気持です。（中略）満州では白米が一日五合いただけると、そういうのに釣られて満州に行った人もあるんです」

（『サントリークォータリー』一九八二年九月号）

　戦時下の幾つかの思惑はあったかもしれないが、青年教師前田が理想に燃えて満洲に向かったのは確かであろう。学校づくりに奮闘する彼の姿は『朱夏』にも現れているし、終戦後日本に帰った彼は教師生活を全うするのである。

　さて夫婦が向かったところは、吉林省九台県飲馬河というところだ。地図で調べてみると、新京にとても近いことに驚く。鉄道で一時間半ほどの距離である。宮尾の伝記を書くにあたってこの地を訪れるべきかどうか検討したのであるが、平成十年にＮＨＫのドキュメンタリー番組の取材で訪れた宮尾が、あたりの変貌ぶりに驚いていた。二十年たった今、さらに当時の面影は消えているに違いない。

　それよりも私は、当時を知る人を探すことに力を注いだ。

広島県呉市在住の片岡林四郎は取材時には八十三歳。『朱夏』に出てくる西岡金四郎少年である。夫の教え子で人なつっこくて明るい金四郎少年は、主人公・綾子のお気に入りだ。営城子の収容所では一緒にフライビーンズを売る。『朱夏』の読者はこの少年の明るさでどれほど救われたことだろう。

片岡は体調を崩して入院中であったが、こころよくインタビューに応じてくれた。

「たまたま会社を休んでテレビを見ていたんですよ。『モーニングショー』というのをやっていて、それに出ている女の人が、どうも前田登美子さんのようだったんです。しかしテーブルの上には『宮尾登美子』っていう名前が出ている。どういうことだろうかって、中国放送に電話をしたんです。そうしたら連絡をとってくれて、宮尾登美子さんが、前田登美子さんだっていうことがわかりましてね。お互いに一度会いたいねと言っていたところ、NHKの『この人○○ショー』に出演してくれないかということでまた連絡があり、久しぶりにお会いしました」

調べてみるとこの番組は昭和五十九年十一月一日の放送であった。

「実はその前にも会っているんですよ。昭和三十三年の暮れだったと思いますが、宮尾先生がひょっこり訪ねて来られたんです。僕は自衛隊に入って岩国(いわくに)の航空隊にいました。その時はまだ前田さんで、離婚される前でしたね」

宮尾はこの少年に特別の思い入れがあったのだろう。フライビーンズを一緒に売った同志でもあり、後述するが彼の父親に大金を借りてもいる。

『朱夏』の中で、綾子は金四郎少年から耳寄りな話を聞く。

「お父っちゃんが倉庫の大豆を小盗(ショウトル)（編集部注・泥棒のこと）してきて、うちでフライビンズにして僕が売りに行(い)たこともある」

（『朱夏』）

それでは私がフライビーンズを作るから、金四郎君売って来てくれる、と綾子が持ちかけて、それが初めて商いをするきっかけとなる。

片岡によると、小説に書かれてあることはほとんど事実だという。

「もともと日本軍のものだった赤煉瓦(れんが)の倉庫に、大豆がいっぱいあったんですよ。それで袋に穴を開けて、籠(かご)を下においてぱーっと落とすんです。仲間は五人くらいいましたね。どうして前田先生の奥さんを誘ったのかというと、僕が思うに、やっぱり母親のような感じがしたんだろうな。僕は子どもの時に母親を亡くしてるんで、年は十歳くらいしか離れていなかったけど、宮尾先生にどこか母親を感じていたんだと思います」

こうして収容所の中で再会した二人は、引き揚げ後も親しく交わるのだ。

第十二章　『朱夏』の村

もう少し金四郎少年のモデル、片岡林四郎の話を聞くことにする。

宮尾は最初からこの少年に、特別の思いをかけているが、やはりそれは彼の生い立ちによるものであったようだ。林四郎少年の母は昭和十五年に亡くなっている。彼が五歳の時だ。林四郎少年は五人きょうだいの末っ子であったが、兄たちは既に出征したり満蒙（まんもう）開拓青少年義勇軍に入ったりしていたので、渡満したのは父と継母、下の姉との四人であった。

終戦直後、林四郎少年たちの集落は中国人の襲撃を受けなかったという。しかし危険を感じて夜明け前、わずかな荷物を持って村を出ることにした。着替えと位牌（いはい）、鍋と釜、そして布団を手押し車に積んで、ひたすら営城子に向けて歩いた。日本人難民が集まっていた営城子の元日本軍の建物は、周囲に鉄条網が張られていて中に入れなかった。その晩は皆近くの倉庫で寝て、次の日に建物の中に入ることが出来た。それからすぐに現地の中国人が襲ってきたという。

「建物の窓からのぞいたら、その光景がすごかったですね。何百人もが竹槍を持って、わーっと大声をあげながらこちらに向かってきたんです。八路軍の兵士だと思うのですが、威嚇射撃をすると、ズドーン、バーンってすごい音がしました。そのたびにわーっとこちらに向かって人が動くんです。その怖さといったらありません」

宮尾らの教員グループも、飲馬河で暴徒に襲われ家財一切を失っているが、それと同じ恐怖を彼も味わったことになる。

「そうしたらソ連の兵隊が、小銃っていうか機関銃っていうかであちこちから撃ちだして、ようやく静かになった。僕らはソ連の兵隊さんに助けられたんですよ」

開拓地の暮らしで父と継母は別れ、昭和二十一年夏に帰国するときには、父と姉との三人だった。片岡は帰国前にチフスに罹り、「親父は相当苦労したじゃろう」と話す。

このお父さんについてぜひ聞きたいことがあった。『朱夏』の中で、難民生活が長引き、夫の要が高熱を出して寝込んだ時、綾子は金四郎少年の父のもとに借金を頼みに行く。

「それはこの頃、この山のなかに大そう流行(はや)っている星一心斎という祈禱(きとう)師がおり、このひとに頼めばたちどころに病気をなおし、悩みを払うが故に押すな押すなの盛況で、星一心斎の懐はほくほくだという」

(『朱夏』)

この星一心斎が、片岡の父親なのである。地域のつながりがある農民たちと違って教員たちの人間関係はもろく、助けてくれる者はない。そんななか、恥をしのんで借金をしに行くと、一心斎は快く二十円を貸してくれるのだ。それでたっぷり米や卵を買うことが出来た。

宮尾が訪ねてきたときのことを彼はよく憶えていた。

「祈禱をやりながら、弱っている日本の人をみたり、中国人をみたりしてたんですが、ある日ひょっこり先生(宮尾のこと)がやってきた。姉と一緒に『なんじゃろうかな』と言い合ったんですよ」

戦後再会した時、宮尾は、

「林四郎君のお父さんにお金借りてそのままになっとる」

とごくふつうの調子で言ったようだ。ちなみに『朱夏』を書く時、宮尾から何ら取材はなかったという。

作家がモデルとする人間にどう向かい合うか。これはとてもむずかしい問題である。最初から協力を頼む、という手もあるがかなり書くことを制限される。相手の描き方に遠慮が出てきてしまう。

『朱夏』を書き始めた頃、宮尾は日本画家の上村松園（うえむらしょうえん）をモチーフに書いた『序の舞』などで、モデル問題の複雑さを身にしみて知っていたはずだ。

片岡は自衛隊の音楽隊をへて、マツダに入り、そこで音楽隊を創設する。戦後、片岡に再会した宮尾は、彼が好きな音楽の道に進み、きちんと生きているのを見た。しかもかつての夫の教え子である。自分も可愛がって親しくしていた少年だ。高名な画家とはわけが違う。宮尾はかなり片岡に甘え、自由自在に書いたようである。小説が出た後も、片岡は、ずっと宮尾に対しては好意を持ち続けている。事実と違うところもあるけれど、まあ、小説というのはそういうものだろう、と彼は考えていたようだ。

もう一人、前田薫の教え子に会うことができた。

高知市に住む宮脇謙三郎は高知県大正村の出身で、やはり飲馬河国民学校の生徒である。『朱夏』の主人公綾子は、満洲に来てすぐ風土病のような熱病に罹る。その際綾子は、女子生徒の中で気がきいた子を一人、学校を休ませ、娘の子守りに連れていくのだ。本当に無邪気に。青屋信子（小説では糸屋史子）というその同級生のことを、宮脇はよく憶えていた。

脳梗塞で倒れて退院したばかりの宮脇はぽつりぽつりと満洲でのことを語り出す。

「前田先生は教頭先生をしていて、わしも習うた。だけど奥さんの印象はないね」

敗戦後、九台という飲馬河から少し東の場所まで線路づたいに逃げた。夜に中国人の襲撃を受け、線路の敷石を拾って応戦した。宮脇少年に両親はいない。父は小学校に入る前に、母も二年生の時に死んだ。二十八歳の兄と兄嫁、姉二人、そして宮脇少年の五人で入植したのである。姉は二人とも、引き揚げの途中、新京で亡くなった。栄養失調だったという。十四歳の宮脇少年は、ソ連の兵隊に日本兵と間違われて連れていかれそうになったが、通訳が慌てて、

「この子はまだ子どもだ」

と言ってくれて難を免れた。通訳が助けてくれなかったら、おそらくシベリア行きだったろうと語っている。戦後は高知県交通（編集部注・現在のとさでん交通）のバスの運転手になった宮脇は、ある日知り合いから『朱夏』のことを教えられた。お前たちのいたところのことが書いてあるから読んでみろと。確かにそのとおりであった。

退院して三日目に取材に応じてくれた宮脇は、宮尾について、まだ聞き取りづらいところの残る口調でこう言った。

「子どもが一人おったろう。みなが死んだのに、あの人はちゃんと連れて帰って来とった。死なずに帰ってるわね。どういう生活をしよったろう、思うて」

これ以上あり得ないほどの悲惨な生活と、宮尾は自分の満洲生活を語っているが、それを羨(うらや)む者も確かに存在しているのだ。

昭和六十年に集英社から出版された『朱夏』は、話題となった。しかし私の印象としては、それまでの『櫂』や『鬼龍院花子の生涯』『序の舞』に比べて、反響がいまひとつだという気がした。何しろテーマが満洲での難民生活という暗いものである。誰もが楽しめるベストセラーというわけにはいかない。いつものようにすぐに映像化ということもなかった。

このことは宮尾にとって、やや不本意ではなかっただろうか。宮尾はこれを書くために作家になったと、いろいろなところで書いているほどの入れ込みようであった。そんな時にＮＨＫのＢＳの番組から満洲を再訪してくれという依頼があったのだ。

この撮影旅行に同行した、『週刊朝日』の元編集部員がいるというので、話を聞くことにした。

朝日新聞社の山口真矢子（まやこ）は、いかにもマスコミで働いている女性らしく、きびきびとした口調で、私たちのために事前にいろいろ調べてくれていた。

「当時一緒に行った制作プロダクションの人に連絡を取ろうとしたんですけど、その会社はもうなくなっていて、スタッフの方々も、今の居場所がわかりませんでした」

当時二十九歳だった山口が宮尾の担当になったのは、平成十年のはじめである。その年の春にはいきなり例の宮尾杯争奪歌合戦に参加させられたのだ。

「当時私は朝日新聞社の出版局の採用でしたが、文芸の担当ではありませんでした。それなのに入社五、六年でいきなり大作家を担当しろ、と言われ、それこそ青天の霹靂（へきれき）で、畏（おそ）れ多くて身がすくむ思いでした」

一応メモをとっておきましたので、と、てきぱきと語ってくれる。

「宮尾さんが満洲に行くと決まったあとで同行を持ちかけられました。周りがテレビクルーだけでは宮尾さんが心細いので、なじみの編集者たちを一緒に連れていきたい、という感じでしたね。宮尾さんからは、集英社、新潮社、中央公論社、毎日新聞社がみんな来たいと言っている、ということで、うちからも誰か行かなきゃまずい、という空気になりまして、それなら君が行けということになったんです」

　この時、朝日新聞社は百二十周年記念事業として、『週刊朝日』で「宮尾本　平家物語」を長期連載することになっていた。そのためにもこの同行取材は、いいタイミングでの宣伝になるかもしれないと思ったのだろう。

「しかしいざふたを開けてみると、同行したのは朝日の私とカメラマンだけでした」

　と山口は笑う。

　気心の知れないテレビスタッフと海外旅行することを、宮尾はかなり不安に思っていたに違いない。そしていちばん甘えられる朝日新聞社に頼ったのだろう。

　この時宮尾は言った。

「私は秘書を連れていきます」

　この秘書は次女である。作家生活の前半は長女が、後半は次女が宮尾の秘書をつとめたが、なぜか宮尾は秘書が娘だということを親しい編集者にも伝えておらず、宮尾が亡くなってはじめてそのことを知り驚いた人は多い。いずれにしても波瀾（はらん）含みの旅は始まる。

第十三章　テレビ出演

当時のメモを手に、宮尾の満洲再訪に同行した山口真矢子は語る。

「このロケを請け負っていたのは、博宣(はくせん)インターナショナルといって、ドキュメンタリー番組を多く手がけていたプロダクションです。社長とスタッフが十数名ぐらいの小さなところですが、中国にとても強いということで宮尾さんも納得されたんですね」

確かに触れ込みどおり、撮影はとてもスムーズであったそうだ。プロダクションのスタッフが事前に現地に足を運び、ここで誰に会って、ここでこの建物の前で撮るという風に、スケジュールもきっちりと決まっていた。その分撮影は過酷を極め、毎日が移動の連続であった。一日も休養日を設けなかったため、七十二歳の宮尾の体は悲鳴をあげた。毎晩ホテルにマッサージ師を呼んでいたという。

「私、カバン持ちのつもりで行ったんですが、宮尾さんにはその秘書さんというか、お嬢さんがつきっきりでお世話していましたし、寝る時も一緒の部屋でした。私、することがないんです。あっ、トイレ先発隊かな。行く先々でトイレを探して使い物になるかどうか確認するんです。もうあの頃の中国の田舎のトイレって、本当にひどかったですからね」

ハイライトである飲馬河での再訪の場面を、私たちは番組の録画で確認した。

「ああ、変わってしまって……」と、もんぺ姿の宮尾は何度も驚きの声をあげた。

「『朱夏』の中にはコーリャン畑がよく出てきましたが、それが全然なくなっていました。それでもまだ面影はところどころあって、民家の土の壁や、オンドルといったものを宮尾さんは懐かしそうに見てましたね」

テレビのクルーは、プロダクションの役員にディレクター、アシスタントディレクター、それに音声スタッフと映像のカメラマン、通訳だった。朝日新聞社からは山口とカメラマン。中国の田舎ではさぞかし目立ったことであろう。番組を見ても、宮尾が駅に降りたつと、人々がみな食い入るようにして眺めている。

「宮尾さんは威張るようなことはいっさいありませんでした」

山口のことをすぐにマヤちゃんと親しみを込めて呼ぶようになった。が、その反面、テレビクルーとはやや距離を置いていたという。私も覚えがあるが、ふだんつき合う出版関係者とは違う雰囲気のテレビ関係者を、つい警戒してしまうきらいがある。現にこのテレビクルーたちは時間に追われていたためか、かなり強引に取材を進めていったようだ。

が一方、彼らは優秀で、事前のロケハンで宮尾の恩人ともいえる王一家の居場所をつきとめてくれていた。暴徒と化した農民に襲われたとき、王家の主人のとっさの機転でカマドの中に隠れなければ、宮尾の命はなかったかもしれないのだ。

かつて日本人学校があったところには別の住居が建っていた。テレビのクルーたちは学校跡地の前の空き地に現地の子どもたちを集め、手に持った花を振りながら歓迎の掛け声のようなものを唱和させていた。この少々演出過剰なシーンは、後にすべてカットされたという。

「宮尾さんのロケに同行してまず思ったことは、ものすごいサービス精神だなあ、ということです。中国行きを嫌がっていたわりには、カメラがまわるとすごく意欲的でした。やる時はやるという感じでしょうか。『スタート』の声がかかったとたん、涙を流してハンカチでふく。そしてアドリブですごいことをおっしゃるんです。『ここがあの営城子……ここがあの営城子』とつぶやいたり、『あの十九だった、若いお母さんだった私』なんてセリフを絶妙のタイミングで自然におっしゃいました。まるで女優のようでした」

山口は決して揶揄(やゆ)して言っているのではなく、スター作家といわれる人はこんな風なことも出来るのか、という驚きからの感想のようであった。

そして最後にこんなことを言う。

「あの時、私は二十九歳でした。担当になる前までは宮尾さんの本を全く読んでおらず、ロケの前も『朱夏』を大あわてで読んで頭の中に入れるのが精いっぱいでした。本当にもったいないことをしましたね。今の私だったら、この人物は本当にいたんですか？　このエピソードは実話ですか？　とかいろいろ聞けたのに。そのまま読んで、そのままついていって、記者としてはどうしようもない未熟さでした」

この旅の様子はNHK　BS2の紀行番組のシリーズの一つとして、『世界・わが心の旅　中国・53年目の朱夏』と題し、平成十年の十二月に放送された。まだBS放送はそれほど普及していなかったが、この番組はかなりの話題を集めた。私も含めて多くの人々の印象に残ったのは、きりりとしたもんぺ姿の宮尾が、時々流す涙とつぶやきであった。「絶妙のタイミング」と同行の山口を驚かせた言葉は、率直に見る人の心をうったのである。

昭和二十一年九月、宮尾は親子三人、引き揚げ船で無事に帰還した。佐世保(させぼ)に帰りついた時は頭はイガグリ、麻袋を腰に巻くようなありさまだったと「浮き沈み五十年」で記している。

その頃満洲の難民の状況は、少しずつ日本にも伝わってきていて、体の弱い宮尾が生きているはずはないと、父親と嫁ぎ先は葬式の準備もしていたという。だから赤ん坊を連れての無事の帰国は、身内の者たちをどれほど喜ばせたことであろうか。

宮尾と夫、そして長女の三人は、夫の実家である弘岡上ノ村、現在の高知市春野町へと移り住む。

故郷の仁淀川のことをよく宮尾は書いている。ゆったりと流れる美しい川だ。中国で濁った茶色の水しか手に入れられなかった宮尾にとって、それは奇跡のように見えたに違いない。

ここで宮尾は農家の嫁として、生まれて初めて草むしりなどをするのであるが、それは長くは続かなかった。すぐに肺結核と診断されるのだ。

当時の肺結核は死病であった。特効薬ストレプトマイシンがアメリカからもたらされるのはもう少し後のことになる。医者からは入院をすすめられたが、宮尾はそのことを夫にも姑にも黙っていたという。

「話したところで農家の嫁にのうのうと入院生活が許されるわけもなく、もし許されるとしたら、それは死の直前か、私の実家からでもたっぷり費用が仕送りされた場合にだけ、と限られていた」

この文章は、昭和四十一年四月一日発行の『別冊DELUXE女性自身』からの引用である。巻末付録として二十ページにわたる宮尾の手記が載っているのだ。それは輝かしい未来を約束された女性作家としての原稿ではない。見出しにはこうある。

「新人賞から四年　失敗者の記録」。なんと「告白手記」だ。そして当時住んでいたアパートの一室の、薄暗い廊下から撮影した、みかん箱を机代わりにして筆を走らせている着物姿の宮尾がいる。

リードはこうだ。

「女流作家の登竜門である〝婦人公論・女流新人賞〟をいただいたとき、私の前途には洋々たる未来が開けていた。／女学校時代の友人にとり囲まれて、私は得意の絶頂にあった。／それから四年――。／いま、私は東京の片隅の小さなアパートで、みかん箱の机に向かって小説を書いている……」

筆者名は「前田とみ子」とある。

これは言ってみれば、一種の〝きわもの〟記事だ。上京したものの思うように文筆活動が進まない宮尾に、編集部が依頼したものとみえる。敗戦による引き揚げという体験に加え、宮尾はこの時既に二人の子どもと夫を捨て、再婚しているのだ。新しい相手は初婚で、しかも三歳年下である。今ならそう珍しいことでもないが、昭和四十一年ごろだと充分世間のひんしゅくを買ったことであろう。

たかが新人賞受賞くらいで思いあがった主婦が、作家になろうと夫と子どもと別れ、理解ある男と再婚して上京した。しかしうまくいかず、こうして安アパートのみかん箱の上でこの原稿を書いている。いわば世の女たちの、平凡な人生に対して迎合した企画だ。編集部側の〝いましめ〟の意図がみてとれる。が、チャンスはチャンスである。宮尾はかなりの精力を注いでこの原稿を書いたと思われる。後の端正な文章とは違う荒っぽさだ。しかし迫力に満ちている。驚くほどの正直さだ。山口が言うところの「サービス精神」にあふれている。この手記によって、私たちは長いこと謎であった宮尾の借金についても知ることが出来た。

この告白手記を手に入れるより少し前に、一冊の不思議な本が出版された。それは、『宮尾登美子と借金二人三脚　感謝と哀惜をこめて……』。

筆者は可知(かち)文恵とあり、宮尾の保母時代の同僚だ。宮尾の借金総額や、返済が遅くなったことのわび、お礼の手紙がすべて載せてある。彼女の生涯を追う者にとっては、またとない資料となった。

第十四章　借金二人三脚

可知文恵の『宮尾登美子と借金二人三脚』という本に触れる前に、まず宮尾の戦後について引き続き記さなくてはならないだろう。

昭和二十一年の九月、引き揚げ船で佐世保に着いた宮尾と夫、そして長女は高知県吾川郡弘岡上ノ村、現在の高知市春野町で暮らすことになる。しっかり者の姑が、老齢の祖父と家を守っていた。一方、父の猛吾の方は高知市空襲により焼け出されている。郊外に小屋を建て後妻と連れ子と住んでいた。小説『仁淀川』にこのあたりのことは詳しい。

本来ならば農家の嫁として働かなくてはいけないところであるが、帰国して次の年には肺結核と診断される。寝たり起きたりの生活の中、死を意識して子どもに残そうと満洲時代の記憶を少しずつ書き始めるエピソードはよく知られている。

昭和二十三年頃からだんだん体調がよくなり、投稿を始める。初めて書いた小説「村芝居」を『文芸首都』に送った。『文芸首都』は、佐藤愛子、北杜夫(きたもりお)などを世に送り出した名門同人誌であるが、投稿した宮尾の小説が掲載されることはなかったようだ。

そして昭和二十四年の一月に次女が誕生する。やっと明るいきざしが見え始めたその年の暮れ、宮尾は悲しみのどん底につき落とされる。育ての母の喜世が、もらい湯に行った先で心臓マヒを起こして亡くなったのだ。

敗戦により虚脱したかのような猛吾とは対照的に、離婚の慰謝料で喜世は市内の中心部でうどん屋をはじめ、それは戦後も大層繁盛していたのである。主婦だった時は病気がちでおとなしくひかえめだった喜世が、たくましく才覚ある女性として自立していくさまを、宮尾は驚きと共に誇らしく見ていた。それだけに衝撃は大きかった。

「ほど経て、伯父の手で私のもとへ届けられたのは五万円の現金と、山まゆのコート、大島の袷(あわせ)の二品だった」（『母のたもと』）

五万円という現金は、今ならばどのくらいだろうか。週刊朝日編『戦後値段史年表』によると、昭和二十四年の銀行員の初任給が三千円とある。ということは、新人銀行員の年収の一年半分とすれば七百〜九百万円と考えていい。農家の嫁にとってはとてつもない額であったろう。いずれ建てる喜世の墓石代として預けられたものであった。

そして昭和二十六年、父の猛吾が老人性結核のために死去。六十八歳であった。

「葬式のあと、押入れから日記やノートのたぐいを発見し、皆の了解を得て家に持ち帰ったが、これがのちのち私の仕事上の宝庫となるのを誰が予測し得ただろうか」

（『母のたもと』）

この日記を元にして、宮尾はさまざまな作品をつくり出すのである。

この年、宮尾の人生を大きく変えることがもう一つ起こる。建設省（編集部注・現在の国土交通省）が仁淀川に堤防をつくることになり、夫の家の農地がほとんど買い上げになった。これによって宮尾は、「農家の嫁」という立場から完全に解放されるのだ。すぐさま村立保育所に保母として就職する。前に教え子の門田義仁が証言したとおり、若く綺麗な先生だったようだ。預かっていた子供をしょっちゅう家に連れ帰りご飯を食べさせることもあった。そしてここで宮尾は思わぬ才能を見せる。職場の仲間とガリ版刷りの機関誌『草の実』を発行するのだ。年譜では昭和二十六年に第一号が発行となっているものもあるが、保母仲間の可知が現物を保存しており、第一号の発行は、昭和三十年である。さまざまな投稿や保育論に加え、宮尾の映画評や京都で開かれたルーヴル展の見学記も載っている。途中から活版印刷になり、広告も取るようになった。

この頃弘岡上ノ村婦人会の事務局長でもある宮尾は、戦後、参政権を得た女性の積極的な投票を促(うなが)すため役場の二階で立ち会い演説会を開いている。月に一度、夜間に母親学級を主宰し、講師を務めるなど精力的に地域ともかかわっていく。子どものしつけ、女性の生き方やおしゃれのコツ、「うどん粉をキュウリの汁で溶いたパック」などをレクチャー。その合間を縫うようにフランス語を学ぶがこれは続かなかった。

昭和二十九年、高岡(たかおか)郡窪川(くぼかわ)小学校で「第七回高知県保育大会」が開催される。宮尾はそこで、可知を代役に立てて保母の労働問題を取り上げ、組織化を提案。村長に「前田保母はアカ」と目をつけられる。

『草の実』を創刊した昭和三十年には高知県保母会が結成され、宮尾は文化部長に選ばれた。

二十代後半の宮尾の、向上心とエネルギーに充ちた姿が見えるようだ。

可知文恵が宮尾に出会ったのは十八歳の時、弘岡上ノ村の保育所であった。新制高校を卒業したものの就職が決まらず、ずっと家にいた可知に、

「四月に出来たばかりの保育所で、高校出の女性を探している」

という話があったのだ。

「前田先生は私より8歳上のお姉さん。保母として、ただ子どもたちの世話をするだけでなく、幼児教育というものを勉強しようと先進的な取り組みをしていた県外の保育園へ研修に皆で行ったり、歌や踊りを教え、紙芝居のなかった開所時には紙芝居を創り、クラシック音楽を生活のなかに採り入れたりと、情操教育に力を入れていた」

と可知は『宮尾登美子と借金二人三脚』で宮尾への畏敬の念を表明している。

『宮尾登美子と借金二人三脚』。実に奇妙なタイトルの本は、二〇一六年二月に発行された。宮尾にもらったという菊の着物地を写した優雅な表紙と、この物語の表題とはまるで似合わない。

「はじめに」で可知は、執筆を決意した理由をこう記している。

「それは、平成27年の新春を迎えて早々に飛び込んできた宮尾さんの訃報以来、何

人にも尋ねられた『宮尾さんの借金』の話が、2月の放映（編集部注・NHK松山が制作した宮尾の特別追悼番組『女の道は一本道』）をきっかけに、また蒸し返されたことだった。宮尾さんの借金の保証人になったことを自分から口外したつもりはないが、初志貫徹で大勢のファンを持つ大作家になられた宮尾さんには、駆け出し時代の借金問題がついて回るのかも知れないと気づかされた」

その実際を記すためにこの本をつくったというのだ。

前半の構成は可知の思い出話や写真と穏当であるが、後半は宮尾の手紙で成り立っている。借金を返せないことをわびる宮尾の手紙の写真がそのまま掲載されている。

上京から十二日後に届いた最初の手紙は、わかりやすく綺麗な宮尾の文字が綴られている。

「十五万円借用のこと（西分四銀のぶん）

これについてはあなたに大きな迷惑をかけてしまいました。どうかして返したいとあせったのですが、差押えのくるこわいぶんを追払うとこれに手がまわりませんでした。約一年間、貸して下さい」

この調子の手紙が十通載っているのだ。

もし宮尾の家族がクレームをとなえたらどうするのだろうと、正直言って、私はその大胆さに驚いてしまった。

しかし可知の人生を考えると、この本をつくる気持ちもわからないではない。宮尾の借金の保証人を引き受けたばかりに、大金の返済がずっしりと可知の肩にのしかかってきたのである。

「宮尾さん上京の直後、友人二人が私の職場に来た。『宮尾さんが東京へ夜逃げした。あなたは彼女の借金を払わないかんぞね！』」

（『宮尾登美子と借金二人三脚』）

可知は思わず「退職金で払うわね」と言い返すのであるが、この言葉が金融業者の耳に入り、怪しげな男が家まで押しかけてくることになる。

また「七十万円債権譲渡通知書」が届き、続いて「仮差し押さえ決定書」が来て、可知は給料の四分の一を供託金として差し出さなければならなくなった。

宮尾がすべての借金を返し終わったのは昭和四十八年、『櫂』が太宰治賞を受賞した時だ。高知市で開かれたこの賞の祝賀会で、宮尾は可知を「私の恩人です」とステージに上げ皆に紹介した。その後、可知は宮尾が東京の祝賀会で参加者に配った銀製の紅茶用の急須を渡されるのだが、後年酸化して色の変わったそれを見て、

「かつて7年半の間、ふたりが協力して、二人三脚で借金返済を終えたことを祝っているようである。振り返ってみれば、この7年半は私の人生の中で、たいへん貴重な体験となった」

（『宮尾登美子と借金二人三脚』）

と感傷的に語る。とはいえそう綺麗ごとばかりではあるまい。

高知の郊外に可知を訪ねた。小さいけれど瀟洒（しょうしゃ）なアパートに彼女は住んでいる。独身のまま平成元年まで春野町の保育所に勤め、現在は表千家の茶の湯を教えている。小柄で、くりっとした目を持つ可知は、昔はさぞかし愛らしかっただろうと思われる。八十四歳になっても少女っぽさが残っていると思うのは、おそらく本を読んだ印象があるからだろう。

私にはまず問いたいことがあった。

「この本、保母時代のことはとてもいい文章だと思うのですが、例えば『宮尾登美子との思い出』とかいうタイトルにならなかったんでしょうか」

「そうですね。でも私、いちばんはじめに書こうと思ったのは借金のことなんです。宮尾さんとの借金で私がすごくつらいめにあったということは噂になっています。返してもらっていないと思っている人がとても多いし、せっかく宮尾さんにいい手紙を何通ももらって借金が二人の絆でもあるので、これを出そうと思ったのです」

悪びれることなく明るい表情だ。私が想像していたような恨みはまるで伝わってこない。

「宮尾さんはずーっと返済は続けてくれていたんです。逃げていたわけじゃないんです」

だからそのために、自分の人生を狂わされたわけではないと強調した。

第十五章　事業

『宮尾登美子と借金二人三脚』という本をたんねんに読んでいくと、宮尾の律儀な性格がよく伝わってくる。ふつう借金をしている相手からは遠ざかっていたいものである。返済が滞っていたらなおさらだ。しかし宮尾はしょっちゅう手紙を送り、現在の状況と謝罪、そして感謝を書き綴っている。その直筆の手紙の文字は美しく丁寧だ。上京して忙しくしていただろうに、よくこんな長い手紙を書くものだと感嘆してしまう。

昭和四十三年四月十三日消印の手紙から。

「風の便りに聞くと、私のためにとても苦しい生活をなさっていらっしゃるとのことで、ほんとうにすまなさでいっぱいですが、どうすることもできず、心の中で拝んでいるような毎日でした。お手紙で事情がよくわかるとともにまことにどう申し上げていいか、ほんとうにすまなく思います。
お便りを頂くと同時に、私の有金残らず郵便局からおろしてきました。この二万円は私が病気のときと思って貯わえてあったものですが、いまはそれどころではありません」

まず、上京直後の状況が説明される。
「この二年間の生活を話しますと、私の仕事は上京してまだボツボツはあったのです。婦人倶楽部のリライトなんかですが、それでも月一万かそこらにはなりました。宮尾は臨時で、まだ失保（編集部注・失業保険のこと）をもらっていましたから、このお金を四銀の返済にあて、何とか漕ぎぬけて食べるだけはやれましたが、そのうち私の仕事はなくなる、自信をなくす」

しかしすぐに仕事はなくなり、新聞の広告を見てあちこち応募した。なんとか「赤ちゃんとママ社」に雇われたものの、通勤に往復二時間半かかって疲れ果てるばかり。体調を悪くして病院に行ったら、胃潰瘍と診断された……と、精神的にもかなり追い込まれていった様子が綴られている。

宮尾の「ここまでしなくても」と思うほどの正直さがよく伝わってくる手紙だと思う。

三千円、一万円、二万円、と少額ずつ返済を続け、そして昭和四十八年六月、やっと借金を完済出来る日がきた。宮尾が第九回太宰治賞を受賞し、賞金三十万円を手に入れたのである。そこから残金十五万二千円が支払われた。

本には宮尾が昭和四十八年に書いた明細書のコピーが載っている。

「ごめいわくをかけた金額」五十一万一千円。そのうち金融四十一万、弁護士謝礼四万一千、裁判料六万。ということは、可知はやはり相当なトラブルに巻き込まれたのだ。

「私にも保育所時代からずっと宮尾さんに対する尊敬と信頼があったから、宮尾さんが困っている時は助けなければという気持ちがあった」

（『宮尾登美子と借金二人三脚』）

と自ら書いている可知であるが、肝心のことが抜けている。私は尋ねた。

「そもそも何の借金だったんですか」

「それがね、私もね、あれだけ宮尾さんの近くにいたのに、何で宮尾さんがそんなに借金したのかわからないんです」

「ご本人も言わなかったんですか」

「うん。私も聞かなかった」

私は驚いてしまった。一生を狂わされかねない借金を背負って、その内容を知らないとはどういうことであろうか。可知の表情を直に見なかったら嘘と思ったかもしれない。

今も高知では多くの噂が残る宮尾の借金。『宮尾登美子全集』の「日記」の巻（第十五巻）にも、借金返済に苦しむ様子を宮尾はあえて載せている。それについては二つの説が考えられると思う。

中央公論社の女流新人賞を受賞し、いきなり直木賞の候補にもなった。初めて書いたテレビドラマ『女流』がＮＨＫで放送された宮尾はいちやく地元の名士になる。そのために派手な生活が始まり、つき合いが多くなって人に気前よくおごった。本も好きに買うようになり、勤めをやめて筆一本に絞っている。そのために高金利の町金融で借りた金が、雪だるま式に増えていったという説。

もう一つは、同じく地元の名士となった宮尾が人に勧められ、事業を始める。小物を作ったり洋服のデザインをするいわば「高知版宇野千代」であろうか。ちなみに宇野は、のちに宮尾が親しくつき合った数少ない女性作家である。その事業が失敗して借金を背負ったというのである。しかしあれほど親しかった可知が、そんな店や小物は見たことがないと言う。何人かが、

「事業を始めたような……」

と口にするのであるが、なかなかはっきりしない。

筑摩書房で『櫂』の編集を担当した高橋忠行は次のように証言する

「前田ブランドのいろんなものを作って売るという事業に失敗したそうです。彼女がデザインして、アクセサリー的なものをいろいろ作ったみたいですね。さすがに着物のデザインはしなかったと思うけど、自分にはそれだけの知名度や影響力があると思ったんでしょう。ところがやってみると借金がたまっただけだった」

そして本人が昭和四十一年に『別冊DELUXE女性自身』に寄せた手記「新人賞から四年　失敗者の記録」にこんな記述がある。

後述するが、宮尾は最初の夫、前田薫と離婚し、昭和三十九年、高知新聞社に勤める宮尾雅夫と結婚する。この時二十歳に近い長女と高校生の次女がいたが、二人はまだ独立していない。やがて次女は近くの学生寮に入れ、そのめんどうは宮尾がみることになる。そして新婚の夫は、ひとり暮らしをすることになった自分の母に、給料の半分を渡していた。

「つまり私は、事実上、姑、T子（編集部注・次女）、自分の家、と三軒の家計、S子（編集部注・長女）の責任をやせ腕にかかえて毎月かなりな額の生活費を必要とするうえ、交際費という名目の出費もバカにならない額にハネ上がっていた」

お金欲しさに、いろんなことにも手を出していたようだ。

「某メーカーの衣料品を売り子を使って売りさばく商売や、手持ちの金を短期間貸し付けることや、いろいろな商品のすいせん人に名前を貸す」

これらが〝事業〟ということのようだ。

私は生前の宮尾を思い出す。もちろん大流行作家になってからであるが、そのお金の遣い方は小気味よかった。

素晴らしい着物の数々に、美術品も手に入れていた。有名料亭の常連であったが、宮尾のすごいところは、その勘定を自分で払っていたところだ。私も何度かご馳走になった。

ある日、ちょっと得意そうにこんなことを言ったことがある。

「渡辺淳一さんを『福田家』（編集部注・紀尾井町の料亭）にご招待したの。女性にこんなすごいところでおごってもらうなんて初めてだって、とっても驚いてたわ」

前にも書いたと思うが、いつもチップのポチ袋をしのばせ、仲居さんや運転手さんにさりげなく渡していた。おそらく、商売の家に生まれ、そういうことは生まれつき身についていたのだ。大ベストセラー作家ならいくらでも出来ることであるが、まだ売れない時代からああしたふるまいをしていたとしたら、窮するのはあたり前のことではないだろうか。

さて、話をまだ本格的に小説を書く前の前田登美子、昭和三十三年に戻そう。この年に宮尾は保母をやめるのであるが、それは大野武夫にスカウトされ、社会福祉協議会に就職したからである。大野武夫という人の名を私は初めて知ったが、死後、分厚い遺稿集が出るほどの、高知では有名な社会活動家らしい。大野は保母の待遇改善を目指し、闘士として活躍する宮尾に、なみなみならぬ才気を感じたのだろう。非常に目をかけ、いまも続く全国規模の雑誌『季刊保育問題研究』の刊行にともにかかわったりしている。彼に感化されたのだと思うが、一時期宮尾は社会党に入党しているのだ。

後年たおやかな着物姿で知られる宮尾が、若い時ばりばりの左翼だったというのは何やら楽しい話ではないか。この頃の宮尾はとても戦闘的だったようだ。

保母仲間で『草の実』の座談会に出席したこともある岡田光恵は、次のように証言している。

「前田さんは、保母の労働条件が悪いときに、県大会でいろいろ発表して戦ってくれていました。あのとおり美人だし、派手だし、戦前からのもと幼稚園教諭だったおばさまがたにはにらまれていましたが、私たち若い人間には憧れの存在でした」

これは多くの人たちが口にするところで、若い頃の宮尾は本当に美人だったというのだ。当時の写真を見ると、私は年をとってからの方がはるかに美しいと思う。若い頃の宮尾はそれほどの美貌だとは思えないのだが、写真のせいであろうか。が、確かに高知時代の宮尾は華やかで人目をひく存在だったようである。三十代後半の彼女に心を寄せる男性がいたとしても不思議ではない。

大野武夫は非常に意味深なことを書いている。

「久(ひさし)ぶりでおとみさんに逢った。

少しやせたようだが、すごく美人になっていた。

ローズでコーヒーをすすりながら一時間ばかり、彼女の打ちあけ話をきいた。

(中略)今日の話の中身は格別凄かった」

(「おとみさん」『無門塾　大野武夫集』所収)

これは何をさしているのであろうか。

前田薫ときっぱり別れる前に、宮尾雅夫が現れたのではという気がしてならない。

第十六章　家出

生前宮尾は何度かこう言った。

「東京に出るまでのことをちゃんと書きたいのだけれど、前の夫が生きているうちは出来ない」

最初の夫の前田薫のことだ。高知で取材しても、前田のことを悪く言う人はいない。人柄のよさ、教育者としての実績は多くの人たちが証言するところだ。

「あんないい夫を捨てて」とはっきり言う人もいた。

満洲での難民生活時代、周りの親子や夫婦が食べものをめぐって争っている時、前田はつらい使役の報酬である饅頭を、半分食べずに、宮尾のために持ってきてくれる。そんなことをする夫は前田一人だった。

終戦後、猛吾は、娘と孫を無事に連れて帰ってきてくれた前田に深く感謝し、この恩を一生忘れてはいけない、と娘に言い聞かせていた。

しかし宮尾の心は、この夫から次第に離れていくのである。作家になりたいという思いはもはや抑えがたいものとなり、彼女は始動していく。

昭和三十七年、NHK高知放送局主催のラジオドラマ脚本募集で佳作一席になったのをきっかけに、宮尾は勤務していた社会福祉協議会保母会事務局を退職する。筆一本で食べていこうと決心するのだ。

この年の五月、「真珠の家」が第五回群像新人文学賞（講談社主催）の予選を通過するが、そんなことよりもはるかに自信をもたらしたのは、初めて書いたテレビドラマ『女流』が、NHK大阪放送局で放送（ドラマのタイトルは『書家の群れ』）されたことであろう。そのうえなんと翌月、短篇「連」が第五回女流新人賞を受賞するのだ。

この女流新人賞は中央公論社が主催するもので、受賞作は『婦人公論』に掲載されることになっている。

このことは二つの出来ごとを宮尾にもたらした。後に人気作家となる宮尾は、常々選考委員になるのを嫌がっていたが、この女流新人賞の選考だけは賞の終了まで引き受けたのである。この賞は新人賞といっても格が高く、宮尾以外の委員には平岩弓枝、渡辺淳一といった直木賞の選考委員たちがいた。

しかしこのことは宮尾にとって、やや口惜しい出来ごとではなかったろうか。つまり、

「人の作品を読むのは大嫌いだから、選考委員なんてやりたくない」

と公言していたにもかかわらず、自分が受賞したよしみでつい引き受けてしまった。このことではからずも、文壇の一種のヒエラルキーに組み込まれてしまったのだ。

作家はキャリアを積むにつれ、各賞の選考委員を頼まれる。これはほとんどの作家にとって、素直に誇らしく嬉しいことだ。最初は「オール讀物新人賞」、「小説現代長編新人賞」といった一般公募の新人賞から始まり、やがてプロの作家の書いたものの審査に関わっていく。いちばん有名で権威あるものとされるのは、やはり直木賞だ。実はこの先に、直木賞を受賞した作家クラスから選ばれる「中央公論文芸賞」、「柴田錬三郎（れんざぶろう）賞」、「吉川英治（よしかわえいじ）文学賞」というものがあるのであるが、マスコミに大きく報道されるのは、何といっても直木賞だ。ニュース速報にも出る。

もう十九年前のことになる。私が自分でも驚くほど早く、この直木賞の選考委員を依頼された時のことだ。既に田辺聖子、平岩弓枝がいて女性では三人めであった。

この直後対談で会った宮尾は、私にこう尋ねた。

「林さん、人の書いたものを審査して楽しい？」

「楽しいですよ。今、旬の人たちの小説を読むのは勉強になりますし」

「私は大っ嫌い」

はき捨てるように言った。

「嫌で、嫌で、たまらないの。私はね、ずうっと前、直木賞の選考委員を頼まれたけど断ったのよ。ねえ、〇〇さん、そうでしょう」

傍（そば）にいた文藝春秋の重役は神妙に答える。

「はい、宮尾先生には何度もお願いしましたが、ずっと断られています」

私は宮尾のこういう少女じみたところが好きであったが、他の同年代の女性作家はどうであったろうか。

「私はすごくいじめられているのよ」

としょっちゅう口にしていたが、これは女流文学者会に入会したことも大きい。

女流文学者会というのは、昭和九年に出来た『婦人公論』の執筆者たちの集まり「十日会」が結成のきっかけとなり（『中央公論社の八十年』より）、昭和十一年に発会（吉屋信子「女流文学者会挿話」より）したもののようである。初代の会長は吉屋信子、その次に宇野千代、平林たい子、円地文子、芝木好子、河野多恵子と錚々(そうそう)たる作家が続き、平成十九年、津島佑子が、

「もう役割は終えた」

と解散を告げた。この会はとても入会が難しいことで知られる。推薦入会制で、芝木好子が会長のときに入会を誘われてうれしかったと宮尾は書いている。私がやっと入会できたのは、平成四年、佐藤愛子会長の時だった。初めて会合に行ったのであるが、上座に並ぶ諸先輩の顔ぶれのすごさに圧倒されるばかり。まだ中央公論社が破綻する前のことだったので、当時東京にあった「下鴨茶寮(しもがもさりょう)」で行われ、京都から舞妓も呼ばれ踊りを披露したりした。が、やがて私は不思議なことに気づいた。人気作家たちに交じって、名前も聞いたことのない新人が何人もいるのだ。この女流文学者会は、中央公論社が運営を手伝っていたために、「女流新人賞」を受賞した方は優先的に入会できたようだ。

正直「何なんだ、これ」と思った。直木賞を受賞した私でさえ、まだチンピラとみなされ、「入れていただいた」のは、直木賞の受賞六年後である。それなのに本を一冊も出していない人たちも、とうに入会していたとは……。まだ若く生意気な私は、それきりほとんど行かなくなった。新人賞を受賞したのち、しばらくして入

会した宮尾も、おそらくそうした空気の中で、女流文学者会に入ったことであろう。この会でのいくつかの出来ごとは後の章で書く。

まわり道をしてしまった。しかし当時の中央公論社や『婦人公論』の権威の大きさをきちんと伝えないと、理解してもらえないことがいくつもある。昭和三十年代ならなおさらのことだ。

昭和三十九年、宮尾は『高知新聞』に「湿地帯」という小説を連載する。まだまだ新人の彼女がこんなことが出来るのは、「中央で賞を獲った人」という事実があったからだ。いかに彼女が高知でもてはやされていたかわかる。

そしてこの連載の担当者が、高知新聞学芸部記者宮尾雅夫だ。宮尾の二番めの夫となる人物である。

前の年、昭和三十八年、三十七歳の宮尾は家を出る。このことはいくつかのエッセイでも書かれているので、ああ、あのことだと思いうかべることが出来る人も多いだろう。「連」が掲載された月の『婦人公論』の売れ行きがよかったため、大入袋が出た（ちなみに今でもいただくことがある）。袋の中身は十円玉だと思っていたが、百円玉であった。これが家を出るきっかけになったということであるが、あの『別冊DELUXE女性自身』の手記はずっと赤裸々である。

なんと夫への不信と結婚への後悔は、新婚時代満洲に到着し、新京に向かう汽車の中で既に始まっていたというのである。そして終戦、引き揚げとなる。

「ふたりの裂け目がハッキリと見えて来はじめたのは一応生活が落ち着いてからのことで、結核治癒後、私は二度にわたってS子の手を引いて実家へ戻った」

しかし猛吾に説得されて帰ってくる。

新人賞受賞後、妻は、

「心はいつも外に向かって開かれていた」

「夫は夫で一年三百六十五日、家族と夕食をともにしたことはただの一度もなく、日曜はパチンコと映画に明け暮れする習わしのなかに孤独な世界の楽しみをみつけていた」

そして、宮尾の鬱屈（うっくつ）を反映してか、家出の夜の描写はとても克明で長い。

「その夜、私はテレビの深夜劇場が終わると、二階へ上がろうとして玄関先で酔って帰った夫と鉢合わせした。

なにか二言、三言、いっているうち、夫の目がカッと燃え上がり、

『何？　もういっぺんいってみろ！』

とどなるなり、私にはげしい平手打ちを加え、逃げようとする私を階段まで追い

かけて来て引きずりおろし、打って打って打ちすえた」

「あくる朝から、私は起き上がることができなかった」

顔のタオルを取りかえてくれる長女のS子に、宮尾は、

「ねえS子、お母さん、もうこの家、出ていい？　あんたも高校三年になったんだし」

と涙をためた目で懇願すると、S子は、

「そうしなさいよ。ぜひ。あとは何とかやっていけるから」

と答えたという。


これでは前田はかなりひどいDV男ではないか。おそらく宮尾はこの手記が女性週刊誌に載ることを考慮し、かなり扇情的に書いたのではないかとさえ邪推する。


その分、Mこと宮尾雅夫との恋愛と結婚は純粋で美しい。『宮尾登美子と借金二人三脚』の著者である可知はこう証言する。

「時期ははっきりわからないけれど、前里（宮尾の新しい住所）に行った時、雅夫さんがいたことがありました」

第十七章　再婚

当時のことをいちばんよく知っている人物に、高知の得月楼で会った。

以前書いたとおり、得月楼は宮尾の小説『陽暉楼』のモデルになった老舗料亭である。ここには五十代と思われる美しい女将がいて、いつも私の来訪を歓迎してくれたものだ。

その時私は、東京から唐突に姿を消した宮尾のことを尋ねた。すると女将は、微笑んで、

「とてもお元気でいらっしゃいますよ」

と答えたものだ。が、しつこく私が、

「高知のどのへんにお住まいなんでしょうかねえ。お手紙を出したいんですけどね」

と聞くと、やや困惑して、

「ちょっと、それは……」

と口ごもった。

英保迪恵は私に会うなりまずそのことを言った。

「道子さん（女将の名前）から、あなたがいらして、宮尾さんは元気か、住所を知りたいと言われたけど、口止めされてたから言わなかったって聞いています」

この時、宮尾は高知で入院中だったという。そしてその後、女将も病でこの世を去っている。

しかし目の前の英保迪恵は八十代半ばであるが、はつらつとして言葉がシャープだ。さすが元新聞記者と思わせる。高知新聞社では四人めの女性記者だったという。英保は宮尾が親友と口にする唯一の人だ。宮尾は亡くなる直前まで英保を頼りにしていた。

知り合ったのは、宮尾の社会福祉協議会勤務時代。初対面から妙に気が合った。

「宮尾さんの勤めているところと、高知新聞社は近いところにあって、真ん中にある『ローズ』という喫茶店で毎日のように会ってたんですよ。宮尾さんからしょっちゅう電話がかかってきて」

きっかけは家庭欄の記事の取材であった。それまでのように、料理や化粧についてだけ書くのではなく、家庭というなら政治も経済もすべて含まれるはずと考えた英保は、幅広く取材をする中で、宮尾の活動に興味を持ち、取材をきっかけに仲良くなった。

英保の高知新聞社時代の上司が、宮尾雅夫である。

「あの人は学芸部の副部長でした。彼は整理部（編集部注・紙面編集）の経験があり、本当に芸術的な紙面をつくろうとするの。部長はそれが大嫌いだったの。私がたまに手伝って、雅夫さんみたいな余白の多い紙面をつくると、宮尾君の真似しちゃ駄目だって、雅夫さんにはよう怒らんから、私に怒るのよ」

英保は宮尾のことをお登美さん、雅夫のことを宮尾さんと口にするのであるが、混乱を避けるためここでは雅夫さんと記す。

「ある日、展覧会に取材に行ったら、お登美さんと雅夫さんがいた。私はトロいから、たまたま会うたんやろと思ってたけど」

狭い高知の街であるが、二人のことは話題になっていなかったという。

「雅夫さんは独身でしたから、とてもモテていたんですよ。学校の美術の先生なんか、雅夫さんめあてにしょっちゅう学芸部に来るんだけど、彼は全然気づかないの。

それから私と同級のお料理の先生が、あの人と結婚したいから仲を取り持って、って言うので、彼に話したらヘラヘラ笑うだけでそれでおしまい」

その雅夫であるが、とても素晴らしい人柄であったと英保は語る。最初の夫・前田もそうであるが、宮尾の夫となった男性たちは、まわりからとても評判がよい。

高知新聞社といえば、高知を代表するインテリのエリートの集まりである。山口経済専門学校（編集部注・現在の山口大学）を卒業した雅夫は、校閲部を振り出しに地方支局から記者生活を始め、学芸部副部長と順調に出世をしている。そしてこんなことも、英保は教えてくれた。

「雅夫さんはお母さんが大事に、大事に育ててね。雨が降ったらお母さんがすぐに傘を持っておいでるのよ」

高知新聞社にである。

「受付から電話がかかってきて、お母さんがおいでてます、って言うと、雅夫さんはそんなことせんでもええのにとよく怒ってました」

と笑う。雅夫には兄が一人いたが、とうに結婚して家を出ていたから、母一人子一人の暮らしになる。この母は息子と宮尾の結婚を相当嘆いたらしい。それはやがて宮尾への非難へとつながっていくことになる。

「私がね、（つき合うのは）『どうして、どっちが言い出したがや』って聞いたら、お登美さんが言うには『寒い時にストーブを買ってくれた』って」

このことを宮尾はエッセイに書いている。後年のいくらかとりすました記述ではなく、例の『別冊DELUXE女性自身』のぶっつけるような調子の手記から抜き出してみよう。

「（家出をしてから）一週間ののち、市のはずれの山のふもとに小さな家をみつけると、私はひとり、その家へ移った」

この日から二ヵ月ののち、協議離婚したことになっている。三月のことである。

「雪がまだ小やみもなく降り続いている日の午後、社旗を立てたジープが家の前に止まり、『うちの学芸欄にエッセーを書いていただきたいと思ってあちらへ連絡しましたところ、住居を変えられたとおっしゃるんで……』」

と玄関先で仕事の話をして帰った後、あくる日、配達車がやってきて、大きな石油ストーブが届けられた。

「Mのこの好意はしみじみとしたなつかしさで私の心のなかにしみ通ってくるのだった」

やや他人行儀に書いているが、この後二人の仲が急接近したと考えるのがふつうである。

そして離婚の翌年の昭和三十九年五月より、「湿地帯」が『高知新聞』に連載される。ちなみにペンネームは前田とみ子と旧姓をつかっているが、これは二年前の女流新人賞受賞時の地元の熱狂ぶりからみると当然のことであろう。

それにしても、新聞連載というのは、作家にとって大舞台である。人気、実力、体力すべて充分とみなされた作家に依頼されるはずだ。

私がデビューした頃だと、地方紙の連載となると、小説やコラムを配信する学芸通信社などが間に入り、何社かがまとまって中央の人気作家に依頼していた。作家の原稿料を分担するのである。

まだ宮尾は短篇小説しか書いていない。それが高知新聞社では、いきなりの連載だ。この担当者が、宮尾雅夫であった。

「やはり高知新聞としては、スターに育てようという気持ちがあったのでしょうか」

こちらの質問に英保は頷く。

「まあ、雅夫さんもおったしねえ……」

多くは語らないが、やはり社内でも「どうして」という空気はあったに違いない。

「湿地帯」を読み返してみると、あまりうまくないサスペンス小説という感じで、謎解きがあまりにもちゃちである。さし絵を担当した画家・依光隆（よりみつたかし）の遺族によると、「当初の予定よりも早めに打ち切りになったと聞いています」ということだった。「湿地帯」は、宮尾が作家として大成したのちの平成十九年に新潮社から刊行されたが、決して評価は高くない。宮尾自身も文庫本の最後に、「結果はさんざんで、自分でもいささか恥（はずか）しい作品になり」と書き、自分の全集にも収録しなかった。

そして、十月の連載が終わるのを待つようにして、その年の暮れ、宮尾は雅夫と結婚した。このあたり、やや公私混同な印象を読者に与えるかもしれないが、編集者と作家の関係は元々そういうものである。この人の才能を伸ばしてやりたいという思いが、異性への愛情になるのはよくある話で、作家と編集者の結婚は今もわりと多い。

英保はこう言う。

「雅夫さんはあの人の才能に惚れて、というよりやはりお登美さん自身の人格に惚れたんでしょう。将来すごい作家になることを予想していたのではなく、成功しなくても、この人がやりたいのなら支えてやろうという、そういう気持ちだったのでしょう」

当時の宮尾さんは、そんなに魅力的だったんでしょうか、とさらに聞く。

「私は女っぽいとか、女くさい人は好きじゃないけど、お登美さんには本当の女らしさがあった。あっさりしているけれども、することはちゃんと出来ている」

気配りや優しさがあったということだ。

一枚の写真がある。真白いウェディングドレス姿の宮尾と、燕尾服（えんびふく）姿の雅夫のものだ。三十八歳の花嫁と三十五歳の花婿であった。きちんとした挙式をと望んだのは雅夫の方だったという。しかもその費用に、

「K新聞でもらった私の連載小説の稿料をそっくり当てようという。Mとしては、K新聞が私に支払った破格な稿料について、それを披露宴招待のかたちとして会社へ還元すべきだというふうに律義にかたくなに思いこんでいるらしかった」

（『別冊DELUXE女性自身』より）

やはり世間での評判を気にしているのだ。

「あのウェディングドレスは、私のものを貸してあげたんです。貸し衣装は嫌だって言うから」

ウェディングドレス姿の宮尾は、綺麗なことは綺麗であるが、後年の凛とした美しさを知っている私にはやや物足りない。何度も言うようであるが、宮尾は年をと

ってからの方がはるかに美人であった。

「それは歯を直したからでしょう」

英保はあっさり言う。

「お登美さんは歯並びをすごく気にしていたんですよ。この後ものすごく治療しているはずです」

意外なエピソードであった。

第十八章　太宰治賞受賞

　その歯の治療がどこまで進んでいたかわからないが、太宰治賞を受賞した頃の宮尾を、元筑摩書房の高橋忠行はこんな風に表現している。

「清楚で、八千草薫か、奈良岡朋子か、っていう感じの美人でした」

が、太宰賞の授賞式で、宮尾の美しさ以上に、もう一つ話題になったものがある。三十分近い宮尾のスピーチであった。中年になってからやっとつかんだ成功のチャンスに、思うところが多々あったに違いない。しかしとうとうと自己の文学論を語るこのスピーチは大ひんしゅくを買ったようだ。

　話がまたまた前後してしまうが、授賞式より七年前、昭和四十一年、四十歳になって借金に身動きがとれなくなった宮尾は、再婚相手の雅夫と一緒に上京する。この時雅夫は高知新聞社をやめて、自分の退職金を返済にあてたという。

「そうね、おそらく、返すためにやめたんだからね」

と英保は言う。

「それにね、高知の人ってわりと借金が平気。借りても、借りられても平気で、あまり気にしないっていうのがあるんじゃないかしら」

英保自身も、知らないうちに他人の何十万円かの借金の保証人にされ、何年も風呂の回数を控えるような生活が続いたそうだ。そうだとすると、可知文恵の『宮尾登美子と借金二人三脚』に書かれた、可知が使途も聞かずに借金を肩代わりしたという奇妙さも、やや理解出来るような気がする。

それはともかく、宮尾と雅夫はかなりの額の借金を残したまま、東京に出ていった。高知の有名書店「金高堂」の払いもたまっていたというのを、私が社長本人の口から聞いた。

上京した二人は杉並区下高井戸の、家賃六千八百円の六畳一間のアパートに住む。例の『別冊DELUXE女性自身』の手記を書いたのもこの頃だ。その後、「赤ちゃんとママ社」の編集者となるが、この会社は一年五ヵ月でやめてしまう。次の職場は第一生命住宅（編集部注・現在の相互住宅）だ。ここで嘱託の広報編集主任となりPR誌をつくる。女流新人賞受賞の肩書きがきいたらしく、四十歳までの募集年齢を超えていたが採用された。雅夫は自動車関係の業界紙に職を得た。なんとか食べていくことは出来たが、二人の肩に借金はのしかかってくる。いわば「背水の陣」で書いたのが、あの『櫂』である。「連」や「湿地帯」の延長でつくりものの世界を書いていたら、宮尾登美子という作家は誕生しなかった。宮尾がいちばん隠したかった生家の職業、そして自分の出生の秘密。追いつめられて腹をくくった宮尾はこの事実を書こうと思った。作家が自分自身の中の鉱脈に気づいた瞬間である。

十五歳の少女喜和は、渡世人の岩伍に恋をして結ばれる。岩伍はやがて「芸妓娼妓紹介業」を始めるが、それは女衒と世の中からおとしめられる職業で、潔癖な喜和を苦しめることになる。しかも岩伍は娘義太夫との間に娘をつくるのだ。苦しんだ末、喜和はその子をひき取り育てる、というのがおおまかなストーリーだ。

この小説を読んだ時の感動を、今でもはっきり憶えている。

「これは私のための小説だ」

と思ったのである。その頃の文学少女がそうだったように、私は高橋たか子、倉橋由美子といった純文学作家の作品を愛読していた。が、どこか背伸びをしていたのかもしれない。宮尾の文章を「手織り木綿あるいは紬のような」と言ったのは太宰賞選考委員の吉行淳之介であるが、日本の女の琴線にまっすぐ触れるのだ。私は「焼き鯖の味」とどこかに書いたことがある。日本人のDNAに訴えてくる心地よさ、美味。そう、読んでいて快感をおぼえた小説は初めてであった。私はその後、『櫂』を繰り返し読んだが、やはり同じ快感を得られる。

が、書き手の宮尾にはさまざまな葛藤があったようだ。

「私はいまでもこの作品を読むと、これを書くときの悲壮な決意が伝わって来てひとりでに涙が溢れて来る」

（『母のたもと』）

作家としての自分にけじめをつけようと、宮尾は自費出版を思いつく。

「長い間私が文章を粗製濫造して顧みなかったのは、自分の本を持たないせいなのではないかと思った」

（『母のたもと』）

『櫂』は最初の五百部は私家版であった。これを宮尾は知人に配り、いくつかの出版社にも送った。

筑摩書房の岡山猛は、たまたま送られてきた一冊の本を手にとった。忙しい文芸編集者は、全国の〝シロウト〟さんから送られてくる自費出版の本にいちいち目をとおすことはない。ましてや私家版の『櫂』は、完成した作品の四分の一に満たないところまでで、物語は何も動き出してはいない。しかし岡山は職業的勘で「これはいける」と思った。そして、

「ちょっと面白いんじゃないか」

と部下の川口澄子に渡した。これを読んだ川口は同僚の高橋に本を回す。高橋は宮尾の緻密な言葉の選び方に驚いたという。川口がすぐに連絡をとり、宮尾は当時神田小川町(かんだおがわ)にあった筑摩書房を訪れた。

女流新人賞を得てからの長い苦闘の生活の中で、初めて得たてごたえである。

「書きたいことがいっぱいあるんです」

と宮尾は情熱的に語り、ぼろぼろ涙を流したと高橋は語る。

講談社の松本道子が電話をしてきたのは、その後である。宮尾は会ったことのある講談社の三木章にも『櫂』を送っていた。後に専務になる重鎮の編集者だ。しかし彼は、自身の本棚に入れたままにしていたという。実は松本は、吉行淳之介から『櫂』の高い評価を聞いたのだ。

すぐに連絡したが一足違いであった。つまり講談社は一歩の差で大魚を逃すことになるが、松本の担当した『一絃の琴』は、それから七年後に直木賞を受賞した。

本来は公募である太宰賞であるが、その年はほかの候補作が弱かったこともあり、『櫂』は最終選考に加えられ、文句なしの受賞となった。

それにしても物語の第一部だけでは本にならない。筑摩書房の編集者からは『櫂』の続きを書くようせっつかれ、いわゆるカンヅメにされる。宮尾は生まれて初めて軽井沢（かるいざわ）に連れていかれ、貸し別荘に押し込まれた。別荘といっても、もといた家族が二階に移り、空いた二階を借りるというもので、後にいったん倒産する筑摩書房は、当時すでに内情が苦しかったのだろうか。食費は一日千円でまかなってくれ、とそれでも二万円渡してくれた。

「気晴らしに紀ノ国屋へいって、千円で買えるもの、ワカメなんか買ってきて、食べて、書いて。ときどき、これでいいのかな、そのときの私の気持ちは、これで失敗したら私はもう這（は）い上がることは出来ないし、これで私の人生はおしまいだと思った。それで一生懸命書いたの」と、これは晩年、訪れた週刊誌の記者に語ったことである。

まるで私と同じではないか、とつぶやいていた。三十五年前の神田の山の上ホテル。私は最初の本となる『ルンルンを買っておうちに帰ろう』を書いていた。これが売れなくては、私はずっと二流のコピーライターのままだ。一生這い上がることは出来ないと自分に言い聞かせていた。私と宮尾は全く同じ体験をしていたのである。生前私は宮尾に何度か、山の上ホテルの話をしたはずであるが、それに対する宮尾の反応はまるで記憶にない。ずっと後輩の作家に、自分の深い内面をさらけ出すことはないと考えたのかもしれない。

そんなある日、軽井沢の宮尾の元に、電話がかかってきた。東宝からである。『櫂』を芝居にしたい。若尾文子が読んで、喜和をどうしてもやりたいと言うので、うちでやらせてくださいと言ってきたのだ。

「私はもうびっくり仰天して受話器を耳にあてたままきりきり舞いでした」

平岩弓枝が演出したこの芸術座の舞台は大ヒットした。

そしてあの太宰賞授賞式のことも、宮尾はこのように語っている。

「スピーチを三十分やったわけ。そうしたらみんな怒ってね。おれはね、何もあなたにいろいろ教えてもらわなくてもいいんだよ。あなたにものを習いにきたわけじゃないんだよっていう人がいた。（同郷の作家）大原富枝（とみえ）さんからも厚い手紙が来た。同じ高知の出身として恥だと。しばらく謹慎ですよ」

最後には紀伊國屋書店の田辺茂一（もいち）が目の前に座り込んでアピールし、ようやくスピーチが終わった。

あまりにも気負っていたのだ。

「私の人生がここで終わるのは悔しかったからね。おやじへの怨嗟、うらみ、なぜこんな仕事（紹介業）を始めたのかっていう思いをぶつけた」

宮尾はそう振り返っている。作家としての矜持はもはやはっきりと確立していた。

昭和四十八年、『櫂』は十二月に筑摩書房から発売され、またたくまにベストセラーになった。

昭和五十年、「陽暉楼」の連載が筑摩書房の雑誌『展望』で始まる。十月、『櫂』はNETテレビでドラマ化され、喜和役を舞台と同じく若尾文子が演じた。宮尾登美子ブームの幕が切って落とされたのだ。

第十九章　直木賞

宮尾は自分自身でよく「私は寡作だから」と語っていた。それにはなみなみならぬ誇りがあったと思う。私の仕事ぶりに呆れた風に、

「どうしてそんなに書くの。どうしてそんなにたくさん連載を持っているの」

と聞いてくることがあった。そんな時、

「私は先生のように売れません。先生のように何年かに一度出して、大ベストセラーになる方とは違います。だから書かなきゃいけないんです」

と答えると、

「まあ、そうなの」

と、驚いた風に眉をひそめるが、ちょっと得意げなのが見てとれておかしかった。

しかし、今ふりかえると、昭和五十年からしばらくの、宮尾の精力的な仕事ぶり

には目を見張るものがある。怒濤のように書きまくっていたのである。

昭和五十年、「陽暉楼」の連載が始まる。短篇「卯の花くたし」「三日月次郎一件に就て」が発表される。昭和五十一年、「寒椿」の連載がスタート、「三日月次郎～」に続く、「すぼ抜きに就て」「満洲往来に就て」「博徒あしらひに就て」を発表。これらをまとめた『岩伍覚え書』は昭和五十二年、筑摩書房から刊行される。そして同じ頃、『陽暉楼』が第七十六回直木賞の候補になり、『寒椿』は、女流文学賞を受賞する。

昭和五十三年、中篇「影絵」を発表、「鬼龍院花子の生涯」の連載が始まるが、驚いたことに同じ頃書き下ろしで『一絃の琴』を出版しているのである。宮尾の代表的な作品のほとんどが、この四年間に集中しているといってもいい。

有望な新人作家を見つけると、各出版社の編集者が名乗りをあげる。そして連載、あるいは書き下ろしを持ちかける。エンターテインメント系なら、目標はもちろん直木賞だ。そして、

「一緒に頑張りましょう」

と誓い合う。それまで孤独だった作家志望者に、たちまち伴走者がつくのだ。これは今も昔も変わらない光景だと思う。

宮尾という原石を見つけ出したのは筑摩書房であるが、もはや体力がない。昭和五十三年には会社更生法の適用を申請している。そんな時に出版最大手の講談社が、宮尾の才能を認め、売り出しにかかったのである。下世話な言い方をすると、

「トンビに油揚げをさらわれた」

ということになるが、出版界ではよくある話だ。

昭和五十一年に筑摩書房から刊行された『陽暉楼』は、直木賞の候補作になる。これは猛吾の日記の、高知の有名な俠客、鬼頭良之助が、金を借りに来たという記述を元にして書いたものだ。前田とみ子名義の「連」に続く二度目の候補だが、受賞には至らない。しかし講談社から書き下ろしで刊行した『一絃の琴』で、宮尾は昭和五十四年、第八十回の直木賞を受賞するのである。同時受賞は有明夏夫の『大浪花諸人往来』。他の候補者には阿刀田高、小林信彦といった今も活躍する作家の名が見られる。

選考委員の松本清張は、選評にこう書いている。

「ただちにこれに授賞が決定したのではない。多かったのは、読むのに骨が折れる、という声だった」

「しかし、一方から考えると、氏の文章は説話体であり、説話体なら饒舌が一つの

特徴である。とくにこういう旧い芸道を扱ったものはそのほうがむくとも思われる。それに、あまりに読みやすい文章のはんらんするなかで、こういう『読むのに骨が折れる』ような抵抗的な文体も貴重」

（『オール讀物』昭和五十四年四月号）

当時の出版界において、宮尾の文章の古風さは、やはり特異なものと見なされていたのである。ちなみに講談社の編集者である三木章に紹介され、松本は前田とみ子時代の宮尾に会ったことがあった。

同じく選考委員の今日出海（こんひでみ）は、

「宮尾登美子氏の『一絃の琴』がほとんど全委員一致で授賞に賛成したのは当然の帰結ではあろう」

（『オール讀物』昭和五十四年四月号）

と書いているが、松本の評でもわかるように、実はそうでもなかったようだ。他の選考委員の選評でも、『一絃の琴』を無視したり、これを推した、と別の作品を挙げるものもあった。

が、私は選考委員の水上勉（みずかみつとむ）から、直にこんな言葉を聞いた。

「選考会で僕は力説したんだよ。一日の仕事を終えてほっとして、寝床の中で読む時にいったいどっちを選ぶ。宮尾登美子の方を選ぶに決まってるだろ」

私はこの言葉が自分のことのように嬉しく、さっそく宮尾に伝えたところ、

「本当はそうでもなかったのよ」

と曖昧（あいまい）な微笑を浮かべたのを憶えている。

大作家になった宮尾は、『一絃の琴』についてこんな風に私に語った。

「あの頃は寝ても覚めても小説のことばっかり。『一絃の琴』を書いていた時、蛍が連なってとまっている描写をどうしようかってずうっと考えていた。ある時電車に乗っていると、ふと『蛍の瓔珞（ようらく）』という言葉が浮かんだの。あの頃はあんなにじっくりとひとつの言葉を考え抜くことが出来たのに」

瓔珞とは、仏像の装身具、首飾りのことである。独学の宮尾は、たえず広辞苑のページをめくっては言葉を抜き書きして語彙（ごい）をたくわえていた。

いくら寡作とはいえ、締め切りのある身を嘆いていたことがあった。思えば『一絃の琴』は、書き下ろしという今では考えられないほど贅沢なものだったのだ。コマギレに週単位や月単位で書いていき、雑誌に連載していくのが普通の売れっ子であるが、発行日を決めずに、じっくりと心ゆくまで作品を仕上げる。これは連載中の原稿料などあてにしないで済む、出版社が原稿を待ち構える超売れっ子のみに許

されることだ。現代だと村上春樹や東野圭吾が連載せず書き下ろしだけを手がけることで知られている。

さて今日出海は選評の中でさらにこう書いている。

「作者の書きたい興味と読者の読みたい興味との合致というか、程合いが出来たら、自分はもっといい読者になるだろうとも思った」

つまりこうした作品に読者はつくのかと案じているわけであるが、予想に反して「読者の読みたい興味」はたっぷりとあったのである。『陽暉楼』も『寒椿』も『一絃の琴』も、そして『鬼龍院花子の生涯』も、次々とベストセラーになっていく。東映映画やテレビ、舞台とのメディアミックスの効果も大きかった。とにかく男たちが考えていたよりも、はるかに多くの女たちが宮尾の小説に飛びついたのである。

これについては文藝春秋の元社長、田中健五が語っていた、

「有吉佐和子さんがいなくなったことが大きいと思う」

という言葉がヒントになる。

確かに『櫂』は、有吉佐和子の『紀ノ川』に通じるものがある。日本の女流作家の「家を書く」系譜につながるものだ。他にも有吉は『華岡青洲の妻』『和宮様御留』といった歴史に材をとった作品も書いている。

有吉は昭和五十九年に急死した。生まれたのは昭和六年、宮尾よりも五歳年下ということになる。

そして田中の見立て通り、有吉の死によって、女性作家の勢力地図はかなり動いたはずである。有吉は歴史ものも書けば社会派小説、古典芸能の世界も書く。『恍惚の人』『複合汚染』はミリオンセラーとなった。新潮社は『恍惚の人』の大ヒットで、別館の通称「恍惚ビル」を新築したという。

そんな時、有吉佐和子は五十三歳の若さであっけなく亡くなってしまったのである。当時の女たちは本が好きであった。まだパソコンもスマホも登場していない。本は大きな娯楽だ。宮尾は有吉亡き後の女たちの心をいっきに獲得していくのだ。本当にすごい勢いで。

宮尾はこんなことを昭和四十三年八月二十八日の日記に書いている。

「朝から『一絃の琴』頑張る。わりあい好調だと思っても、夜になって考え直すと、どうも有吉佐和子のものに似てくるような気がする。いやでたまらぬ。明日その部分は書き直そうと思う」

（『宮尾登美子全集 第十五巻』より）

第二十章　映画化

『櫂』は文庫本を入れて三百万部を超えた、と『週刊文春』の宮尾のインタビュー記事（平成十六年一月一日・八日合併号「家の履歴書」）にある。大ベストセラーである。

すでに書いたように、若尾文子の主演で芸術座で上演されたのを皮切りに、NETテレビでドラマ化、それから十年後の昭和六十年には十朱幸代主演で映画化された。この小説の人気は高く、平成十一年にも松たか子の喜和でドラマ化されている。今回初めて知ったことであるが、新派の演目にもなっている。喜和を演じたのは水谷良重（現・八重子）であった。

宮尾の作品はストーリーがしっかりと組み立てられているうえに、過酷な運命に抗い強く生きる女性が描かれる。戦前の花街の様子も華やかでドラマティックで、映像化にはもってこいだった。しかも演劇としても、芸術座や帝国劇場の女性客にぴったりの素材である。映画・演劇の制作会社やテレビ局などが、宮尾の元に足繁く通うようになったことは想像に難くない。今ならば東野圭吾や池井戸潤の原作を、皆が欲しがるのと同じような現象だ。

そんな時、直木賞を受賞して二年後になるが、『朝日新聞』の夕刊で連載が始まる。上村松園（小説では島村松翠）をモデルに、女性画家の一生を描いた『序の舞』である。

昔も今も、新聞連載は作家の檜舞台である。いや、昔の方がはるかに影響力が強かった。新聞小説からベストセラーが次々と生まれたのである。

たいていの場合、新人の作家は夕刊から始める。朝刊はベテラン作家が連載を手がけるが、新人は夕刊だ。夕刊の方が読者が少なく日曜の一日を休めるからだ。それほど作家にとって過酷な仕事なのである。

『序の舞』は、京で葉茶屋を営む母娘三人の生活から書き始め、最初は母の勢以を中心に据えた。娘・津也（松翠）の画の才能に気づき、それを伸ばしてやろうと努力する母親像は、非常に新鮮で感動的であった。師の子どもを宿した津也は、泣き寝入りする女ではない。試練を乗り越え、さらにたくましくなっていく。そして芸術のためなら、したたかささえ身につけていく津也は、古風でいながら新しいという宮尾のヒロイン像である。そして彼女はがっちりと女性読者の心をとらえたのである。

後年私がそのことを告げると、宮尾は嬉しそうに、

「若いＯＬの人からたくさんファンレターがきたの。会社から帰ってくると、まず配達されていた夕刊を玄関で拡げ、まっ先に『序の舞』を読むんですって」

当時はひとり暮らしのＯＬも新聞を取っていたのか、それほど小説が好きだったのかと今感慨にふける私である。

この『序の舞』は、あまりにも松園の実像からかけ離れたものと、遺族から大ひんしゅくを買う。今回孫で画家の上村淳之(あつし)にインタビューしたところ、宮尾への不信を隠さなかった。

「あたかも松園の伝記であるかのごとく書きながら、都合が悪くなると『これは小説だ』と言う。松園が庶子を産んだという事実から面白おかしく都合のいいフィクションを広げていく、そのやり方がいやらしいさかい、僕は嫌いです」

ひとかどの仕事をしてきた人間に対してなんという無礼な人かと憤(いきどお)った。淳之の父の松篁(しょうこう)は、連載中にも、書籍化、映画化に際しても朝日新聞社や東映に抗議

したが、裁判沙汰にはしなかった。そしてこのことが、宮尾にかなりの自信と甘えを与えたのではなかろうか。

しかも『序の舞』はヒットしただけでなく、エンタメ小説で最高の栄誉とされる吉川英治文学賞を受賞するのだ。ただちにラジオ、テレビでドラマ化され、映画化、舞台化もされる。テレビ朝日の主演は大原麗子であった。帝国劇場でも山本富士子が津也を演じた。

しかし何といっても、この小説を世に知らしめたのは東映の映画であったろう。清純派だった名取裕子が、裸も辞さない体あたりの演技をみせた。岡田茉莉子の演じた母親勢以も素晴らしかったが、それよりも私の心をとらえたのは、三田佳子の演技であった。

三田佳子といえば、日本を代表する女優で多くの主演映画があるが、この時はなぜか脇役にまわり、登場シーンもそう長くはない。これについて三田はこのように語ってくれた。

「本当は勢以でとお話をいただいたんですが、それはスケジュールが合わなかったのです。でも何かやらせて欲しいとお願いしたら、喜代次という役があると」

未婚の娘の妊娠に苦しみ抜いた末、母親の勢以は人づてに聞いた芸者を訪ねる。

喜代次というその女は、事情があって子どもを育てられない素人娘をひそかに出産させ養子に出す、斡旋のような仕事をしているのだ。

勢以の言葉に静かに頷く喜代次がスクリーンに現れた時、背筋がざわーっと寒くなったのを憶えている。氷のような美しさである。十二、三で廓に売られ、地獄を見てきた女の、ぞっとする冷たさと情念をたたずまいだけで表現した。

何年か前の対談でそのことを三田に告げた時、

「あの役は命がけでやりました」

と静かに微笑んだものだ。今回取材として改めて役づくりについて聞いたところ、

「いわゆる廓の京言葉ですよね。しかも明治の。それを当時、ご存命だった明治生まれの芸妓さんに一対一で聞きました。それから衣装部さんが持ってきてくれた着物では満足出来なくて、芸妓さんに聞いたり、自分で当時の芸妓さんを描いた絵を探してきたりしました。そしてしつこいくらいに注文を出したんですよ」

宮尾から特に演技の感想を聞いた記憶はないというが、三田のこの演技を、宮尾ほどの作家だったら感嘆しないはずはない。三田は平成十七年、『櫂』を原作にした舞台『喜和』に主演している。舞台を前に、プロデューサーの石井ふく子を交え三人で食事した時、宮尾は、

「あなただったらきっとうまくやれるはず。楽しみにしてるわ」

と励ましたそうだ。三田が高知の銘酒「土佐鶴」のCMモデルを長年務めたこともあり、何かとつき合いは続いた。ある時『藏』を読んで感動した三田は、盲目の女主人公を育てる叔母の役をどうしてもやりたいと思ったという。そして長い女優人生の間、

「たった一回きりでしたね。どうしてもやりたいと（宮尾先生の）お宅にうかがいました」

と三田は言う。配役が既に決まっていて実現しなかったが、その時、三田は宮尾の夫に会っている。三十年のつき合いの編集者も一度も会ったことがないという、宮尾雅夫にだ。おそらく雅夫が三田のファンだったのではないかと私は推察する。その後もオペラのコンサートで偶然に会い、ふた組の夫婦で立ち話をしたことがあった。三田が受けた雅夫の印象は、

「いかにもものを書きそうな人。もの静かな方」

というものだ。

さて、出す本はすべてがベストセラーとなり、出版される前から映画会社やテレビ局、舞台関係者が原作使用権を熱望する。大女優たちとも交友関係を結ぶ。

苦労を重ね、五十近くなってからの再デビュー、大ブレークである。これで舞い上がるな、と言うのは無理であろう。が、宮尾は慎重であった。当時は今と違い、女性作家たちにははっきりとした序列が存在していたのだ。円地文子を頂点とした女流文学者会の活動も盛んである。そしてエンターテインメントと純文学との境目もずっとくっきりしていた。前に私は、

「当時の文学少女たちは、高橋たか子、倉橋由美子に夢中になっていた」

　と書いたが、純文学のスターであった倉橋由美子と宮尾に、浅からぬ因縁があることを知ったのは最近のことだ。高知にいた頃、文学を志す者として二人は親交を結んでいた。倉橋は明治大学在学中に作家デビューするが、昭和三十七年ごろに土佐山田（やまだ）町（編集部注・現在の香美（かみ）市）の実家に戻っていた。

　昭和四十年四月号というから、宮尾が「連」で女流新人賞を受賞し、「高知限定」の有名作家だった頃だが、純文学雑誌『新潮』に前田とみ子の名前でかなり奇妙な文章を寄せている。それは「倉橋由美子の結婚」というタイトルだ。前年の暮れに式を挙げた倉橋由美子と、相手の「T・K君」について書いている。

「式の準備が進むに従い、T・K君の過去の女性関係があばかれてきたことで彼の性格とその生活が次第に浮き彫り（ママ）されてきた」

見かけによらず臆病で、嘘つきで見栄っ張りであり、将来倉橋由美子の精神的なお荷物になるというのだ。しゃれでも、作家にありがちなオチがあるジョークでもない。友人の結婚を寿ぐ言葉とは思えなかった。

いったい宮尾は他の女性作家とどうつき合ってきたのか。秋のはじめ、私は京都の寂庵を訪ねることにした。

第二十一章　女流作家たち

初秋の午後、京都の郊外にある寂庵を訪れた。

瀬戸内寂聴、九十代にして現役の作家である。今も筆力は衰えることなく、新刊を出し続けている。文化勲章を受章した、わが国の作家の頂点にいる人といってもいい。社会的発言も多く、男女問わず絶大な人気を博している。気さくで大らかな人柄を慕う作家は多いのであるが、私もその一人だ。この寂庵にも何度もお邪魔したことがある。この日、

「マリコさん、あなたの連載の『綴る女』、読んでいるわよ」

と言われて、すっかり恐縮してしまった。

「でも、あなたはあんなに宮尾さんに可愛がってもらったのに、悪口を書いているって古い編集者たちが怒っているって聞いたわよ」

歯に衣着せぬ、といった、いつもの瀬戸内の口調である。しかしこの言葉は聞き流すことが出来ず、失礼を顧みずこう言った。

「先生、いいことばっかり書く伝記なんてあり得ますかね。そもそも先生お読みになっていて、悪口だなんて思いますか？」

「私はそうは思わないけど、そう言ってる人がいるって聞いてたから……」

言葉を濁した。実はこの日、宮尾の取材にきているのだ。数日前に、瀬戸内と電話で喋っている時に、宮尾の話題となった。

「女の作家で、あの人と仲のいい人はいなかったと思うわ」

辛らつな言葉にびっくりした。ねたみを買うぐらい、突出して売れていたということだろうか。そして、ねたまれた結果、文壇と距離を置き、純文学でも大衆文学でもない独自の世界を歩むことになったのかもしれない。

「女流文学者会でも、あの人苦手って言う人いたわよ」

「それだったら、きちんとそのことをお話ししていただけますか」

と、この日の取材となったのである。僧侶でいながら瀬戸内にはタブーがない。だから話が心底面白い。それが瀬戸内の魅力なのだ。

宮尾のことも率直に話してくれた。

「なぜあの人のことを苦手だったのか、話してあげるから、好きに書けばいいわよ」

と前置きして、

「このあいだ連載のページに、当時の女性作家が集まっている写真が載ってたでしょう。女性の編集者が辞める時の送別会よ。当時の女性作家が全員っていっていいぐらい揃（そろ）っているわ。その中で一番売れているのが彼女だったの。それでね、あの人はみんなが自分のことを嫉妬していると思ったのか、わざと小さくなって隅の方に座ったりするの。みんな小説家だからそんなことお見通しよ」

会場はたまたま宮尾が常連として通う店だったようだ。なじみの仲居がやってきては、

「先生はこれがお好きだから、こちらにしました」

と、特別のものを出す。そのことも皆を不快にさせたという。宮尾の責任ではないが、それとなく仲居を注意することは出来たはずだ。女の作家はそういうことに敏感である。

「あの頃、朝日新聞の社長と親しいっていう評判だったのよ。朝日のことで何かあったら私に言ってくださいって、いつもみんなに言っていたのよ」

そんなことよりも、瀬戸内が宮尾を受け容れられないと思ったのは、作品につい

てのこんなひと言であった。

「瀬戸内さんが『源氏』を書いてしまったから、私は『平家』にするわって。瀬戸内さんが『源氏』書くためにマンション買ったから、私は家を一軒買うわって」

どうやら宮尾は、四歳年上の瀬戸内をライバル視していたようだ。どちらも文壇のスターである。生前私は宮尾から、

「女の作家は私のことをいじめる」

と聞いたことがある。これについては、宮尾とは比較的親しかったと言われる杉本苑子でさえ、高知での講演会でいささか揶揄を込めてこう発言している。

「あの人は少し被害妄想の気がありまして、なんでも『女流作家はみんな自分をいじめている』というようなことばかり言います。(笑い)」

(『高知県立文学館講演記録　流風余韻』第四集)

私にだけ言っていたのではなかったのだ。

宮尾は大層気を遣っていたのだが、それがどうも裏目に出てしまったようなのである。

杉本は、宮尾が『宮尾本　平家物語』を書く際、食事に誘われたという。平家といえば吉川英治の『新・平家物語』がつとに知られ、杉本はその吉川の女弟子だ。

歴史小説を専らにしている。それなのに自分が書いたりして、

「苑子ちゃんに悪くてどうしようかと思ったの」

と言ったというのである。杉本は一歳上。ちなみに宮尾が初めて直木賞の候補になった時、受賞したのが杉本である。杉本は「細やかに気を遣って」と表現しているが、これは悪くとろうとしたらいくらでも悪くとれる。宮尾の無邪気さは、人によっては得意さに映ったのではなかろうか。

五十近くなっていきなりスターダムに駆け上がった宮尾は、自分の身の処し方をいろいろ考えたに違いない。うるさ型の女性作家たちに嫌われない方法があるとしたら、出来るだけ謙虚につつましくしていることだと結論を下したのだろう。それがかえって反感を買うことになってしまったのだ。

宮尾は孤独であったろう。たくさんの編集者や、テレビ・映画関係者に囲まれていたし家族もいた。が、宮尾は「文学上の親しい友人」が欲しかったのかもしれない。宮尾は文壇づき合いをほとんどせず、例外となるのはほぼ男性作家ということになっていくのだ。

宮尾を囲む「おとみの会」のメンバーなど、親しい男性編集者や仕事相手に共通していることがある。それは高学歴で端整な紳士。文藝春秋元社長の田中健五、朝

日新聞社の元社長の中江利忠も、中江が紹介した作家の高橋治も、東大の出身である。そして長く友情を育んだ加賀乙彦は東大医学部の出身だ。宮尾がかなり強く学歴への憧れを抱いていたであろうことは前に書いた。宮尾にとって東大卒の男性と親しくつき合うことは、虚栄心を満足させるというよりも、進学への思いを阻まれた自分の青春時代を生き直すために必要だったのではなかったろうか。

加賀と宮尾とのつき合いは驚くほど長い。『櫂』により太宰治賞を受賞した時のパーティーに、その七年前に次点だった加賀も出席したのがきっかけだというのだ。

「『櫂』には感激しました。あ、これはすごいのが出てきた、って思いましたから。そしたらなかなかの美人じゃないですか。なんだかおどおどしているけど、だいぶキャリアのある人らしいっていうことも聞いていたので」

どうやらあの三十分近いスピーチのことは、全く記憶にないようだ。宴たけなわになり、宮尾が一人でいるところに加賀は近づいていったという。

そして二次会へ行った後、宮尾が「一緒に帰りませんか？　私は地下鉄が怖くて」と誘って一緒に帰ったそうだ。それ以来の仲だというから、四十年の交流ということになる。

のちに『宮尾本　平家物語』執筆のために北海道へ転居するきっかけを作ったの

も、軽井沢の別荘を薦めたのも加賀である。宮尾は加賀を高知にも招待しているほどだ。「吉兆」など宮尾のお気に入りの店でよく食事をした。いつも宮尾が支払い、純文学畑の加賀は、

「さすが売れている人は違う」

と感心したそうであるが、別にそれ以上の感想を持たない。こういうところも宮尾が好感を持った原因だろう。時々は二人と親しいワインコレクターの実業家が、ワインを差し入れてくれることもあった。

「二人で文学の話はまるでしなかった。四季折々の話、自然の変化、といった話題ばかりでしたね。そう、そう、お香の話や、一絃の琴ってこう弾くのよ、なんて宮尾さんが説明してくれたこともあったなあ」

やがて加賀は、宮尾の主治医のようになっていく。晩年の宮尾から、早朝に電話がかかってきたことがあると加賀は言う。

「今、ベッドから落っこちちゃったの、って。それは大変だ、すぐ整形外科に行きなさい、って言うのに絶対に行かないって頑張る。どうして、って驚いて尋ねたら、私はもう余命いくばくもない。だから整形外科へ行って、手術とか痛いめにあうのはイヤだって」

そして奇妙なことを語った。

「目を覚ましたら、亡くなったご主人が隣に寝てるんだって。そのご主人が、見ているうちに突然ベッドの上で蛇になった。それでキャーッと叫んだらベッドから落ちたって」

宮尾雅夫が亡くなったのは平成十九年だから、それ以降のことになる。夢を見たのだ。宮尾はこの時腰を痛め、その後ずっと苦しめられることになる。しかし平成二十二年に宮尾は久しぶりに公の場に姿を見せている。小説『錦（にしき）』によって親鸞（しんらん）賞を受賞したのだ。選考委員には瀬戸内と加賀がいる。授賞式に宮尾は出席した。ちなみに瀬戸内は欠席だった。

「宮尾さん来るかなあ、と思っていたけどちゃんと来た。付きそいの人もいて車椅子だったけど」

加賀に瀬戸内との確執について聞くと、こんな風に言う。

「瀬戸内さんは平気で何でも話して、思ったとおりのことをおっしゃる方でしょう。宮尾さんはそういう人じゃないから、最初に会った時はビックリしたみたいだったけど」

あくまでも公平であった。

第二十二章　きのね

何度も言うように、宮尾をあっという間に人気作家に押し上げたのは、映像の力によるところが大きい。特に東映との関係は無視することが出来ないであろう。

東映といえば、当時は仁俠(にんきょう)映画にかわる実録もの、『仁義なき戦い』のシリーズも一九七〇年代前半に終わり、新しい路線を探していた。そのさなか、岡田茂社長が、

「もっと女性客を呼ばなきゃいけない」

と命を下したという。そして宮尾の『鬼龍院花子の生涯』が選ばれたのである。

監督の五社英雄(ごしゃひでお)は、映画が公開された翌年、昭和五十八年に『婦人公論』十月号の宮尾との対談で、こんな風に語っている。

「ぼくは先生の本で三部作を作るって、東映にも言ってるし先生にも言ってるんで

すけど、最初は『櫂』を撮りたかったんですよね。でも『櫂』はなかなか最初に撮るには乗り切れないんですよ。一つアクセントがね……」

宮尾が「言ってみれば一家の事情ですからね」と言うと、これに応えて五社は、

「で、『鬼龍院』『岩伍』っていうのは映画になりやすいんですよ。男と女のいろんな愛憎がありますし、サスペンスもありますから、映画的な要素がいっぱいある。だから、ぼくは『鬼龍院』をやって、『陽暉楼』をやって、それから『岩伍』と『櫂』をくっつけてやりたいんですよ」

「足し算じゃなくて掛け算にしようと思ってるんですよ」

と語っている。五社の、宮尾作品に対する思いが伝わってくる。

ただ、水面下ではもっとえげつないやりとりがされていたようである。当時のプロデューサーである日下部(くさかべ)五朗は、「わが映画稼業繁盛記」(『小説新潮』平成十五年二月号)に、次のように記している。

「早速、岡田社長に、

『これは高知のやくざが仲代(なかだい)(達矢)で、半ば女衒みたいなやつで、一階に本妻、二階に妾を二人置いて、妻妾同居でやりまくる話で、すごいんですわ。監督は五社英雄です』

そう言うと、

『そら、おもろそうやな』

あっさり逆転オッケーが出た」

宮尾がこのやりとりを聞いていたら、卒倒しそうな話だ。はたして映画化を承諾したであろうか。いや、世慣れない宮尾は、こんな映画人たちの荒っぽさなど想像も出来なかっただろう。初めての映画化にすっかり喜んでいたのは確かで、かなり浮き足立った「俳優さんたちとの旅」というエッセイ（『別冊文藝春秋』昭和五十七年七月号）を残している。主だった俳優たちと、キャンペーンのために高知を旅しているのだが、この作品の映画化が五社監督の悲願だったと聞き、

「私は一も二もなく涙溢れ、感激に浸ってしまうのである」

と書いている。

そして、監督が「モヤ」と呼ぶ仲代達矢の優しさにも感激する。宮尾の意外にミーハー的な一面を見たようで微笑ましい。

こうして完成した『鬼龍院花子の生涯』は、五社らしいけれん味が溢れていた。ヤクザたちの決闘のシーンは生き生きと描かれていたし、夏木（なつき）マリが突然着物を脱ぎ、背中の入れ墨を見せるシーンも、原作にはないものであった。何よりも松恵役

の夏目雅子の美しさと演技は、映画史に残るものとなり、宮尾の小説にはない、あの有名な、

「なめたらいかんぜよ」

という台詞も、テレビのスポットで大量にお茶の間に流れることとなったのである。

この映画に関しては逸話が山のようにあり、女優の梶芽衣子は『オール讀物』の連載「自伝　梶芽衣子」の中で、「この本を読み、映画にしたいと企画書を作って東映に持っていったところ、何の連絡もないまま、突然、東映が映画化を発表した」といった経緯を書いている。自分が見つけたという日下部の話はウソで、企画を盗まれたのだという。

ここではそれらの話をいちいち検証する紙幅はないので、配給収入が十一億円で、興行成績が昭和五十七年の邦画で七位だったことを記しておこう。ちなみに一位は薬師丸ひろ子主演の『セーラー服と機関銃』、二位は近藤真彦主演の『ハイティーン・ブギ』と言ったら、当時の空気を想像してもらえるはずだ。『キネマ旬報』での評価はそう高くはなかったが、第六回日本アカデミー賞の多部門で優秀賞に選ばれている。この映画の成功により、東映は女性文芸路線を走り出すようになり、宮

尾に焦点を合わせてきたのである。

翌年には『陽暉楼』、昭和五十九年に『序の舞』、昭和六十年に『櫂』、昭和六十二年に『夜汽車』、平成四年に『寒椿』と、東映は「ドル箱」を手離さなかった。

しかし東映との関係は、平成七年の『藏』でピリオドが打たれる。その間宮尾は岡田茂などアクの強い映画人とのつき合いに、ほとほと疲れたようである。特に『夜汽車』を映画化する際にかなりもめたと、当時を知る元東映企画制作部の松尾守が語っている。

「先生が怒るのも当然なんです。原作者の名前をはずしてほしいと言われ、『原作ではなく原案では?』と言っても、『そんなのだめ』ととりつくしまもない。そのやりとりだけが理由ではないのですが、僕のほうが体調を崩して下痢が止まらなくなって、結局、それを知った先生が気の毒に思って、まあいいでしょう、となったんです」

私から見ても、『夜汽車』はかなり乱暴な映画化と思われた。作品自体はいいのだが、内容は短篇「夜汽車」と『岩伍覚え書』の中のエピソードを切り貼りしたうえでふくらませたものである。もはや大家となった宮尾が、こうした映画化を無用のものと考えても不思議ではない。

宮尾が私に話してくれた岡田との間の「事件」がある。宮尾が原稿を書く時によく使った紀尾井町の料亭「福田家」のはなれで、宮尾は岡田に口説かれ、足袋(たび)のまま逃げたというのだ。本人から直に聞いたのは私だけではなく、何人かの編集者もその話を知っていた。が、にわかには信じられない。宮尾がいくら魅力的といっても、六十を過ぎている。そしてもはや堂々たる大御所作家だ。大切な原作者に向かい、映画会社の社長がそんなことをするだろうか。何度か会ったことがあるが私が受けた岡田氏の印象は、豪放磊落(らいらく)な映画人で、そんな軽率な行動をする人とは思えない。

ここで思い出すことがある。宮尾が作家の渡辺淳一と食事をした際、ちょっとした頼みごとをした。その時渡辺は、

「あなたの貞操とひき替えに」

と言ったというのである。いかにも渡辺らしい軽口とサービス精神だと思うのだが、宮尾はずっとそのことにこだわっていた。そして私に、

「渡辺さん、どうしてあんな失礼なことを言うのかしら」

と、くどくどと問うのだ。「じゃ、今度、ぜひ」と笑いとばすようなところが、宮尾にはまるでない。少女っぽいかたくなさと、杉本苑子の言うところの「被害妄

想の気」を、生涯宮尾は持ち続けたのかもしれない。

が、こんなアクシデントは別にして、宮尾は着実に階段を上がっていく。寡作であるが、読者は刊行を待ち望んでいて、すぐにベストセラーになる。私もその読者の一人だった。

平成二年、長篇『きのね』が朝日新聞社から刊行される。十一代目市川團十郎の母の生涯を描いたものだ。これについて宮尾は、昔雑誌のグラビアで見た、小学一年生の團十郎の隣で帽子を直す、まるでお手伝いさんにしか見えない地味な女性が、あのスーパースター、九代目市川海老蔵（後の十一代目團十郎）の妻と知り、衝撃を受けたのが執筆のきっかけだと書いている。この堀越千代という女性は、長年成田屋のお手伝いさんをしていて、團十郎の子を産むのであるが、長いこと入籍もしてもらえなかった。この彼女の周辺を入念に取材し、戦中戦後を生き抜く主人公を描いたのであるが、歌舞伎の勧進元である松竹が不快を示した。誰が読んでもモデルがすぐにわかる。プライバシー侵害だというのだ。

宮尾の死後、私も一緒に出た追悼番組で、女優の檀ふみは、こう発言している。

「先生は、『どうやら私は牢屋に入るらしいけど、あそこはどういうところかしら』とおっしゃってました」

告訴も覚悟するような、かなり切迫したやりとりもあったようであるが、成田屋からの強い抗議はなかった。これについて十二代目團十郎の死後、宮尾は『新潮』(平成二十五年七月号)に「柝の音の消えるまで——追悼市川団十郎丈」という文を寄せている。

『朝日新聞』で「きのね」の連載が始まる前に宮尾は何度か二人で会い、「これこれについては書くなと此処で仰って下されば、(略)決して書かないと約束しますから」と言うのだが、團十郎からはイエスもノーもなかった。

この態度を宮尾は、「これが団十郎さんという男の優しさなのだろう」と書いている。

故團十郎の鷹揚さが、宮尾の名誉を救ったといってもいい。モデル事件で裁判まで
いった作家は何人もいるが、宮尾はそこからは逃れたのである。

平成十三年、長篇『宮尾本　平家物語』の第一巻が朝日新聞社から刊行される。平成十六年に完結、それを記念して日本橋髙島屋で「宮尾登美子の世界」展が開催された。私ももちろん出かけたが、会場は中年女性で溢れ返り、その人気のほどを今さらながら知ったものだ。

そして平成二十年、八十二歳の宮尾に何回目かの大ブームが起こる。そのブーム

の二十四年前、昭和五十九年に刊行した『天璋院篤姫』を原作とする、NHK大河ドラマ『篤姫』が始まったのである。しかし大河は原作とはかなり異なり、篤姫は城下でデイトしたり、しつけ係に反発するお茶目で現代的なキャラクターになり、週刊誌では「あんみつ姫」と揶揄されたりした。何かの折に電話した時、私はそのことに強い不満を漏らした。

「ちょっとあの篤姫、原作とかなり違いますよね。まるで凛としたところがありませんよ」

すると宮尾も、

「全く、若い人たちが勝手なことをして……」

とつぶやいたものだ。

ところがこの『篤姫』が大ヒットしたのだ。幕末ものはあたらないというジンクスを破り、高視聴率をあげていく。いつのまにか宮尾の機嫌はすっかりよくなり、

「素晴らしいドラマにしていただいて」

と謝意を口にするようになった。

第二十三章　最後の小説

平成十八年、『中央公論』五月号から「錦」の連載が始まる。これが宮尾の最後の小説となった。

このなりゆきについて、宮尾はいろいろなところで書いている。ある年の正月、歌舞伎を観にいった帰りに、今は亡き中央公論社嶋中鵬二会長と妻雅子、そして織物の「龍村」の三代目・龍村元らと食事をした。その時、嶋中鵬二は宮尾に対して、

「ぜひ初代龍村平藏の伝記を書いて欲しい」

と勧めたという。しかし当時既に売れっ子の宮尾は、いくつも連載を抱えている。もともと寡作な宮尾に、新連載を割り込ませるのはとても無理な話であったが、嶋中は、

「何年でも待つ」

と言った。そして中央公論社は三十年、本当に待ったのである。

古きよき時代の出版人のシンボルであった嶋中は、平成九年に亡くなるが、担当編集者であった下川雅枝が定年後も中央公論社にとどまり、宮尾を支え続けた。その間に会社が左前になり、やがて経営不振で読売新聞社に吸収されたことを思えば、思い切ったことだったに違いない。その後会長となった嶋中雅子が平成十六年に亡くなったあとも、この約束はずっと守られたのである。

『錦』は美談にみちた小説だ。しかし、この本は決して評判がいいとは言えなかった。正直言って、私も宮尾の作品としてはかなり荒い筆致だと思う。

宮尾は当時、

「私にしては珍しく、男と女のことをきっちり描いたのよ」

と私に告げたが、それが成功しているとも思えない。苦労を重ね一流の帯屋となり、女たちが憧れる「龍村帯」をつくり上げた平蔵（小説では吉蔵(きちぞう)）は、魅力的な美男子となっている。その彼を生涯かけて支える女弟子は無器量であるが、ずっと彼のことを慕っている。やがて吉蔵が息をひき取ると、年とったその女弟子は裸になり、彼の手を自分の乳房に触れさせるところで結末となる。

今までの作品では、そうした露骨な描写を避けてきた宮尾の、このタガがはずれたかのようなラストシーンは、どう解釈すればいいのだろうか。

実はこの「錦」の連載中に夫の雅夫が亡くなっており、その時ばかりは一回休載となっている。「『錦』の最後は主人の死と向き合いながら、吉蔵の死を書かなきゃいけない。神様はもうなんて意地悪だろうと思いました」と、檀ふみとの対談で語っている(『婦人公論』平成二十年八月七日号)。

私もその前に、『婦人公論』で宮尾と対談している。「錦」の連載が始まるのを受けてのプロモーションのひとつだ。私がこの日のために買った龍村の帯を締めていくと、

「まあ、林さん、私、驚いた。林さんは度胸あるわ」

と感嘆の声をあげたが、これは誉め言葉であったろう。宮尾はこういう金の遣い方が大好きだし、自分でもずっとしてきた人間だ。

この『錦』は、ベストセラーになったものの、描きにくい世界ゆえに映画化もテレビドラマ化もされなかった。一方で、宮尾が過去に書いた小説は、繰り返し繰り返しドラマ化され続けていた。

平成十六年には『菊亭八百善の人びと』がNHKの連続ドラマに、「錦」の連載が始まる前年、十七年には『宮尾本　平家物語』『義経』を原作とした『義経』が、

宮尾作品としては初めて、NHKの大河ドラマとなった。そして二十年には既に述べたように、『天璋院篤姫』が二度めの大河ドラマとなり大ヒットしたのである。

これは平成二十二年のことになるが、『鬼龍院花子の生涯』がテレビ朝日系列でドラマになった。私は宮尾の心中を思って、このドラマを腹立たしい気持ちで見た。あの荒々しい映画人たち、岡田茂社長や五社英雄監督たちとはさまざまなトラブルはあったろう。しかし彼らは、宮尾の世界を理解していた。というよりも、戦前のあの空気を知っていたのである。

テレビ朝日のドラマでは、松恵を演じるモデル出身の観月（みづき）ありさは八頭身で、袴（はかま）や着物がまるで似合わなかった。ロケをするにふさわしい場所はもはやなく、どこかの廃校や明治村などを使ったであろう映像は実にちゃちであった。私はつくづく美しかった夏目雅子を思い出し、宮尾の描いた高知を再現することは、かなり困難になったと実感したのである。

平成二十年、長年の執筆活動に対して、第五十六回菊池寛（かん）賞が贈られる。

そして翌年、文化功労者に選ばれた。この時、宮尾に何かお祝いを、と電話をかけた同郷の山本一力（いちりき）に、

「お互いということにしよう。あんたもそのうち貰うから貸し借りなしで」

と言ったという。

山本が直木賞を受賞した二年後に、『高知新聞』創刊百周年を記念して宮尾と対談をすることになり、顔合わせの食事会で、

「一力さん、あんたは私の舎弟や」

いきなり声をかけられた。

「座る前におっしゃったんですよ。土佐人同士になんとなしに伝わるものってあるんですよ、年上の者が使う『舎弟』という言葉に。それでいっきに気持ちが楽になりましたね」

そのあとも、高知の宴会で一緒になったり、電話をかけたり貰ったりのつき合いは続いていたから、文化功労者の祝いに知らん顔をしているわけにはいかない。山本はたまたま京都に行った際、思いついて松茸を送った。そうしたらお返しとして、竺仙（編集部注・日本橋の老舗呉服店）の反物を貰ったという。しかも浴衣に仕立てるように手配済みであった。いかにも宮尾らしい気遣いと、豪放さである。

「姉御は気前がいい、っていうのとは違う。ものに対してものすごく筋を通す方なんですよ」

山本は宮尾を「姉御」と呼ぶ。もちろん作品もみんな読んできた。そして作家な

らではの感想をこんな風に口にした。

「僕がまだ子どもの頃、あのあたりの遊郭はかなり残っていました。戦前のことは知りませんが、昭和二十年代の終わりから三十年代にかけて、高知は全国から材木商がやってきて大変な景気だったんです。子どもだから昼間にですが、ちょっと歩いてみたこともあります。昼の陽の高い頃の遊郭っていうのは、眠ったようなぼんやりとした感じで、木造の三階建てがずうっと続いていました。それを思うと、昔、姉御のところの紹介業っていうのは大繁盛だったと思いますね」

だから、とややためらった風に、

「これはあくまでも私の感じとり方だけど、家業のことを嫌っていたと、姉御は表に向かってはそう言っておられるけど、やっぱり自分の家に対しては誇りも自慢もあったと思うな。だってあんな時代に、お金がなければ出来ないことをいくつもやっているでしょう。子どもの頃から、姉御は旅に出たりいい道具を見たりと文化的なものに触れていたわけですから。親を恥に思うだけだったら、あんな風な小説になっていないな」

と語った。ちなみに山本の祖母は山村春雅（しゅんが）という日本舞踊の師匠で、『陽暉楼』には祖母らしき人物が登場すると宮尾との対談でも話している。そして、

「大事なことはね、ご主人の宮尾（雅夫）さんがすごく優秀な編集者だったってことですよ。ずっと筆を折らずに書き続けられたっていうのは、ご主人が姉御の背中を押していたんだと思います」

その宮尾雅夫であるが、妻が文化功労者に選出される二年前、平成十九年十二月に亡くなっている。小さく報道はされたものの、宮尾は夫の死についてかなり長いこと、周囲に話すことはなかった。

そんなある日、親しい編集者のところに手紙が届く。夫が亡くなったこと。無気力状態に陥り、ぼんやりと日を送っている、といった内容のものが私のところにも届けられた。

こうして宮尾は人々の前から姿を消したのだ。最後に公の場に現れたのは、平成二十二年、『錦』で親鸞賞を受賞した時である。この時はもう車椅子に乗っていたが、相変わらずたおやかな着物姿であった。

平成二十四年、宮尾は高知に転居した。多くを語っていないが、彼女の生活を支えていたのは、娘やお手伝いさん、そして古い友人たちである。幼なじみの喜多村喜代子は、宮尾に頼まれて宮尾のマンションに通っている。高知城に近いこのマンションは2LDKで、大作家の住むものとしたら決して豪華でもない。私も外観を見たが、ごくふつうのマンションであった。山本一力はこう証言する。

「私も居場所はわかっていました。住所も知っていたんですが、押しかけるのは遠慮してたんです。実は高知に移られる直前に電話をいただいたんです」

宮尾はこう言ったという。

「いやね、一力さん、この歳になると望郷の念やみ難しで、高知へ一回帰ろうと思って」

山本はしばらく滞在するのかと思ったが、そうではなかった。宮尾が夫を亡くしてから、めっきり気力、体力が落ちていったというのは多くの人が証言している。

「宮尾本　平家物語」を担当した朝日新聞記者、矢部万紀子は次のように話している。

「連載が始まり、十回くらいのところでご主人が膀胱がんだということがわかり、手術をすることになりました。その時先生から『書けなくなるかもしれない』と電話がかかってきました。たぶん病院からだと思います」

しかし用心深い宮尾は、連載前から原稿をストックすることを自分に課していた。いつも〆切ギリギリでないと書かない私からすると信じられない話であるが、宮尾はその時点で二ヵ月か三ヵ月分の原稿を既に渡していたのである。

矢部は言った。心配はいりません。ストックがなくなったときに、次のことを考えましょうと。後年宮尾は、その言葉にどれだけ救われたかと礼を口にした。

「だけど今思えば、先生の体調が悪くなったのはその頃だと思います。端からは先生をご主人が支えているようにみえていたが、あまりに動揺しているので、驚いたことを憶えています。先生のもの忘れがひどくなり、私の役職を誰かと混同するようにもなりました」

名士に囲まれ華やかな日々をすごしていた宮尾であるが、夫をどれほど支えにしていたか、あらためて知ることとなった。

そして宮尾雅夫は亡くなった。しかし親しい編集者にもそのことは知らされていない。が、雅夫はフジサンケイグループの自動車関係の業界紙に勤めていたため、産経新聞はいちはやく彼の死を知ることとなる。

すると産経新聞は、

「朝日には知らせておく」

と書籍担当に電話をし、一応の仁義を切ることとなった。

「だけど密葬はとっくに終わり、花などもいっさい受けつけないということでした」

ちなみに矢部は、雅夫と食事を共にしたことがあるという。そのことを人に話すと一様に驚かれたということだ。

「北海道の別荘に近い、鮨屋の小上がりでした。小柄な方で、ひょっとすると先生よりも背が低かったかもしれません。あまり私たちの会話には参加されず、カメラマンの持っているカメラに興味を示されて、ぽつりぽつりと質問をしていました。美しい宮尾先生と出奔した人だから、すごい美男子を勝手に想像していたんですよね。だけどイメージとかなり違っていた。でも先生は『ご飯の支度はお父さんがしてくれるのよ』っておっしゃっていました」

その時宮尾が、

「ここの鮨は品が悪い」

と言ったのを、矢部は後々まで憶えている。握りが大きいということか。「品が悪い」という言い方は、なるほど宮尾らしい。

第二十四章　帰郷

宮尾の晩年はわからないことが多い。

平成十一年に北海道伊達市近郊に家を建て、拠点を移した。これは『週刊朝日』に連載する予定の「宮尾本　平家物語」に全力を注ぐためということで、テレビ朝日でドキュメンタリーを撮らせている。引越し業者に指示して、本を運ぶ宮尾の姿はまだ若々しい。

この時宮尾から角川書店の伊達百合を通じて、

「二人で別荘に遊びにいらっしゃい」

という誘いを受けた。すぐ行けばよかったものの、愚図愚図しているうちに、宮尾は夫の病などでそれどころではなくなってしまったようだ。いつの間にか立ち消えになってしまった。

その別荘のことにも、矢部は詳しい。

「『宮尾本　平家』執筆のために、宮尾さんは北海道有珠郡壮瞥町字立香に山荘を構えました。いよいよこれからという時に、それまで担当していた編集者が産休に入り、『週刊朝日』に戻った私が引き継ぐことになりました」

ここは「北海道の湘南」と言われ、洞爺湖の南東に位置している。湖の広大さが海と同じということか。前宣伝のために『朝日新聞』の「ひと」欄で宮尾を取材することになった。その時に宮尾からしきりに「泊まりなさい」と勧められ、一泊することにした。といっても、宮尾の別荘ではなく、ゴルフ場のゲストハウスにである。

宮尾雅夫を交え、食事をしたのはその夜のことだ。

この前後、久しぶりに会って食事をした際、宮尾は私に不思議なことを口にした。北海道の別荘のことを話すついでにだ。

「本当ならば朝日（新聞社）が（私に家を）建てるべきなのに」

私は同席した伊達と、思わず顔を見合わせた。いくら売れっ子の作家で版元を稼がせているといっても、家を建ててもらったという話は聞いたことがない。せいぜいが取材を兼ねた海外旅行に連れていってもらうぐらいだ。

宮尾はこの後も何度か同じことを言った。

「朝日がうちぐらい建てるべきなのに」

おそらく別の者にも言い、そこから宮尾と朝日新聞社の元社長・中江利忠との親しさが取り沙汰され、噂になったのではないだろうか。

その中江は、宮尾と親しい作家の加賀乙彦と同年生まれで、「昭和四年生まれの巳年の会」をつくっていた。ほかにも何人かが加わり、年に一度は宴席を持った。

しかし加賀は、宮尾と中江が親しいつき合いだと長いあいだ知らなかったそうだ。宮尾から中江の話を聞くこともなかった。人間関係を交ぜない人だったという。

「あの辺はちょっと不思議ですね。つき合う人を、グループできちっと分けていました」

と加賀は語る。

「秘密主義は徹底していました」

例の華やかな誕生日パーティーにも、一度も呼ばれたことがなかった。華やかなマスコミの人たちと加賀とを、一緒くたにしたくない気持ちが強かったのではないだろうか。加賀との交流は、死ぬまぎわまで続いている。北海道に居を移す平成十一年には、徐々に人づき合いを減らしていったが、そのなかでも加賀は例外的な存在だった。

夜中の宮尾の電話はしょっちゅうあった。夜の十時に寝て、朝の六時に起きるという規則正しい生活をおくっていた加賀を、宮尾は躊躇なく電話で起こす。

「僕も家内を平成二十年に亡くしていましたので、いつでもいいよ、と言ってありましたからね」

電話は早朝かかってくることもあったし、真夜中にベルが鳴ることもあった。内容はとりとめもないことが多かったが、加賀はいつでも優しく対応した。

宮尾と北海道伊達市との縁をつないだのも加賀である。

「『宮尾本　平家物語』を宮尾さんは自分の最後の作品だと思い込んでいたんだね。電話がかかってきて、『どこか、静かないいところない？　最後だから素晴らしい環境で書きたい』と言うんです」

加賀と親しく、『湿原』などの挿絵を担当した画家の野田弘志（ひろし）が伊達市近くの壮瞥町に移り住んでいた。三人で飲むようになり、野田の「伊達に文化村をつくろう」という誘いを受けて、宮尾は北海道に家を建てることになったのだという。

加賀も誘われたが行かなかった。「宮尾本　平家」を書き上げ、東京に戻ることになった宮尾に、「北海道の夏に慣れたら東京の夏は暑くて過ごせないでしょう」

と、軽井沢に別荘を持つように勧めたのも加賀である。宮尾は加賀の友人のものだった古い別荘を譲り受け、すべて取り壊し、新しい別荘を建てた。庭の樹木もすべて引き抜いて、自分好みの庭園につくりかえたという。

「なんだか不動産の周旋人みたいだね」と加賀は笑うが、晩年の宮尾が居場所をあまり人に知らせようとしなかったことを思えば、いかに加賀を信頼していたかがわかる。

最後に二人が会ったのは、平成二十二年の親鸞賞の授賞式の時であった。加賀は選考委員として車椅子の宮尾と対談をした。この時はとてもしっかりとした口調で、受賞をことのほか喜んでいたという。

翌年の平成二十三年、加賀は高知県の文学館で講演をした。『錦』が親鸞賞を受けたお祝いで、宮尾文学を含む長篇小説がテーマだったが、宮尾からの連絡はなかった。加賀が文学館の職員に宮尾の消息を尋ねたところ、言葉を濁したという。

「その時はもう、体調があまり思わしくないとわかっていたんでしょうか」

平成二十四年四月、宮尾は高知市内のマンションに移り住んだ。移転先の住所を教えられた人は数少ない。だが翌年、軽井沢の別荘に赴いた際体調を崩してしまい、せっかく移った高知には戻らず、そのまま自宅のある東京・狛江で療養を続けていたのである。

この間のことを、元『高知新聞』記者で、宮尾の親友だった英保迪惠は証言する。最後の最後まで宮尾と会っていた人物だ。

英保は高知のマンションにも出入りし、東京に戻ってからの入院先や狛江の自宅にも、宮尾をたびたび見舞っていた。

「あの人、寂しがり屋やから、『東京に来てー、来てー』って言うのよ。行くとね、喜ぶんです。『やー、英保さん、来たー』ってね。そして帰ろうとすると、『もう帰るが？　何時に帰るが？　次はいつ来る？』って」

そう言って悲しがったという。

この時会ったのは病院であった。そして最後に会ったのは、亡くなる直前の平成二十六年の十二月だった。

「今度はね、家やきね、うちに泊まったらええき。ご飯も食べたらええき。私が料理しちゃる」

と最後までふつうに喋っていたという。この時、東京まで飛行機で日帰りで行った英保の元気さに驚く。宮尾のたった五歳下である。私は尋ねた。

「高知に戻った時に、どうして私を探さないでください、なんていうハガキをみなに送ったんでしょうか」

「あの人、あんなことを書くから、みんなに呆れられたり怒られたりするのよね」

英保は苦笑した。

「北海道へ行った時も、みなに同じような手紙を出したらしいわね。訪ねてこないでください、ってあるから、近くに行ったけど寄らない、って怒った人もいるらしいわ」

それから「ものを送らないでください」というハガキを受け取った人もいた。

「仕方ないのよ。とにかくものをもらうことが多いから。それでも御礼状は書かないといけないので、箱を開けてひとつは食べんといかんでしょう。後はとても食べきれない。食べかけをあんたに送れんよね、と言うから、構わんよ、うちに送っても、と言って、送られてきたこともあります」

満洲で極限の飢餓状態を経験した宮尾にとって、食べ物を粗末にすることはできなかったのだろう。宮尾が本当に心を許した英保は、そんな思いを受け取っていた。

宮尾夫妻が借金をつくって出ていった時は、故郷との関係がぎくしゃくしていた。しかし晩年、宮尾が帰ってきた時には、高知の人たちはみな温かく迎え入れたそうだ。

幼なじみの喜多村喜代子は、宮尾のマンションに通った。そして寂しがり屋の宮尾のために、毎晩隣の部屋に泊まりこんだ。宮尾は最後の故郷での日々を、ほんの少数の親しい人に囲まれて暮らしていたのである。

東京でのにぎやかな人づき合いにすっかり疲れて、人間関係を整理したかったのかもしれない。

その後、宮尾は高知から狛江の自宅に戻り、次女とその家族の手厚い介護を受けることになる。

思春期の娘たちがいながら、離婚して再婚、新しい夫と二人で上京したことに、宮尾は生涯ぬぐいがたい罪の意識を持っていただろうし、さまざまな葛藤もあったであろう。しかし最後は穏やかな晩年を送ることが出来た。

私が狛江の自宅を訪れたのは、亡くなる前年のことだ。あらためて評伝を書く許しを得るためである。

「今の宮尾先生を見たら、林さんは衝撃を受けるかも」

と同行した編集者は言ったが、そんなことはなかった。車椅子に座り、多少言葉は不自由になっていたが、きちんと応対し、執筆を励ましてくれた。

そして平成二十七年一月七日、宮尾の訃報がマスコミに伝えられた。八十八歳であった。マスコミ各社は大々的にこのニュースを伝え、NHKは追悼番組を組んだ。いくら宮尾がNHKに貢献したとはいえ、ひとりの作家にこの待遇は最大級のものであったろう。

まさに宮尾は国民的作家だったのである。

だが、実際に息を引き取ったのは平成二十六年十二月三十日で、葬儀は家族と数人の近親者のみで済ませ、「偲ぶ会」もとり行われなかった。これも人気作家としては異例のことであった。

最終章　続・仁淀川

私が宮尾に初めて会ったのは、三十六年前、紅白歌合戦の時だったと前に書いた。次の年に私はコピーライターをやめ、エッセイだけでなく小説を書き始めた。しかしそれは決して平坦な道ではなかった。当時は、作家というのはきちんとした一群となっていて、その中に入っていくには新人賞をとるか、同人誌で認められるかしかなかったのだ。軽薄なエッセイで売っていた私に、

「小説など書けるはずがないだろう」

という声はいくらでもあがった。しかし私は運がよかった。小説を書き始めて三年めには直木賞をもらい、早いうちに作家としての体裁はなんとか整ったのである。

だが宮尾はそうではなかった。二十二歳から書き始めて、さまざまな挫折を味わっている。三十六歳で女流新人賞をもらい、郷里ではもてはやされたものの、それ

っきりで終わってしまった。借金を抱えて上京し、発表のあてもないままアパートのみかん箱の上で小説を書き続けた。出世作といえる『櫂』で太宰賞を受けたのは四十七歳である。派手に他分野から転身した私と違い、宮尾は愚直に作家への道を進んだ。そのことが宮尾を正統派の大作家にしたといってもいい。

一からやり直すつもりで書いた小説は、宮尾があれほど忌み嫌っていた生家の家業を描いたものだ。これをきっかけに彼女は、女性読者から熱狂的に迎えられたのである。私もその一人で、いつのまにか宮尾の作品を待ち焦がれ、むさぼるように読んでいった。

宮尾の作品に出てくる女は、強いようでいてその強さを貫くことをほとんどしない。もしそのために傷つく者が出るとしたら諦める。宮尾のヒロインたちは、決して出奔しない。恋のために親を捨てることはしない。夫を裏切ることもなかった。どれも読者が共感出来る女たちである。

例えば宮尾の『一絃の琴』と、有吉佐和子の『一の糸』とを比べてみよう。どちらも伝統芸能に材をとった名作であるが、アプローチもヒロインのあり方もまるで違う。『一の糸』の主人公は、かなり癖が強くわがままである。文楽三味線の名人の後妻となるが、「悪妻」のレッテルを貼られるほどのキツい性格だ。そこへいくと『一絃の琴』の苗の、つつましく辛抱強いことといったらどうだろう。有吉の『紀ノ川』で、女子大を出た娘は母のことを「古くさい女」と非難する。が、宮尾が主役として愛情深く描くのは母の方であった。戦後五十年、日本の女たちは祖母を、母を肯定してくれた宮尾文学に熱狂する。母を肯定する心地よさに気づいたのである。そして宮尾の「手織り木綿」とも表現される文章は、この心地よさをつくり出すためにあった。宮尾の本は、女たちの心の揺りかごとなったのである。

「――だったという」

という、まるで口伝のような宮尾の文章。

女たちの大好きな「物語」の語り口である。

自分自身は作家になるため夫と別れ、子どもを置いて家を出たが、その人生を誇らし気に語ることはなかった。日本の家のしがらみを充分にわかっていたし、それを否定することもなかったのだ。

宮尾の華やかな頃につき合いが深く、「親密な」仲をずっと噂されていた、朝日新聞社の元社長・中江利忠と会うことが出来た。

「最後に会ったのはいつかと手帳を調べたら、平成十九年でした。画家の野田弘志さんの個展で、日本橋髙島屋で会ったのが最後ですね」

亡くなる七年前のことで、あとは電話で一回か二回喋っただけだ。創刊して間もない『AERA』の表紙を宮尾が飾ったことや、「クレオパトラ」の連載などはすべて中江の指示だとまことしやかに私に言う人もいたが、まるで違う。すべて事後報告だったと言う。宮尾との噂についてはもちろん耳に入っていたが、あまりの馬鹿馬鹿しさに釈明する気も起こらなかったと語る。

そして宮尾の俠気(おとこぎ)に中江は驚かされる。中江の身内の不幸を週刊誌でスキャンダルのように扱われそうになった時、宮尾はその週刊誌を出している出版社の知り合いに電話をかけ、記事を止めようとしたのだ。しかしマスコミ人として、中江はそれがどれほど危険を孕むことか知っていた。権力を持った作家が文章をさし止めようとした、ととられかねないのだ。後でそのことを知り、そんなことはしないでほしいと頼む中江に、宮尾は、

「いいじゃない、私が勝手にやってんだから」

と言いはなったという。

「女らしい、女のすべてを持った作家、という感じがしています。少女のような天真爛漫(らんまん)なところもあるし、それでいて岩伍の生まれ変わりのような激しく強いところもありました」

高級料亭での食事会、カラオケ大会と、黄金期を共にし北海道に居を構えた宮尾を夫人と一緒に訪ねたこともあるという。宮尾とのつき合いは、夫婦ぐるみとなっていったようだ。その中江のところにもやがて、

「この頃はもう弱って人を避けています。お見逃しください」

というハガキが届く。

夫雅夫の死は、まわりの人も驚くほど彼女の体と心をいためつけていた。大きな骨折もしている。だが、そんな晩年の宮尾と親しくつき合った人がいる。ノンフィクション作家の森美香（みか）である。

母はクイズ『二十の扉』の解答者として人気を博した女優の柴田早苗だ。森コンツェルンの創始者・森矗昶（のぶてる）の長男で、昭和電工や日本冶金工業の社長、衆議院議員もつとめた森曉（さとる）の再婚相手であった。

慶應義塾大学で西洋史を専攻した森は、ポロ競技の歴史に興味を持って欧米各国を取材、英字紙などに記事を発表していた。記事に目を留めた朝日新聞社出版局の編集者から依頼を受け、千枚の原稿を書き上げるが、担当者の異動があり企画が保留になってしまう。

その間の事情を文藝春秋の関根徹に相談していたところ、なぜか朝日の出版部で

ある川橋啓一から電話がかかってきて、一転、本が出ることになった。関根から事情を聞いた宮尾が原稿に目を通し、便宜を図ってくれたのだとわかった。森とは面識がないが、宮尾は柴田の昔からのファンだったのである。

さっそく礼を言いに訪ねたところ、宮尾はとても喜んでくれた。七年後、自身の膝のケガのリハビリを兼ね、一冬軽井沢で過ごした森が信州ワインを送ったら、宮尾から電話がかかってきたという。彼女の別荘と宮尾の別荘とはとても近くにあった。

「『あなたと私とお隣どうしよ』って。隣ではないんですけど、別荘が歩いて行ける距離で。平成二十二年の八月に初めて伺ったんです」

まだ宮尾は元気で、二人で蕎麦(そば)を食べに行ったり、パンを買いに行ったりしている。

「仕事で京都へ行くと言うと、『じゃ、いつ帰ってくるの。早く帰ってきて』とおっしゃいました」

私に親がいないから、あんなに親切にしてくださったんです、困ったことがあったら何でも言いなさい、と言ってくださって、と思い出して涙ぐむ森に、宮尾は実は作家の一面も見せていた。

「あなたのことを書きたいのよっておっしゃったんです。私の目をじーっと見て、その目がすごい作家の目でした。私は思わず目をそらしてしまいました」

そして宮尾は森に告げた。

「あなたは宝を持っている」

スターの座をなげうち、日本有数の財閥の御曹司と結婚して散々苦労した母、その母の人生を見つめてきた森に、宮尾はこう告げたかったに違いない。

書きなさい、書くのよ。私が元気なら、かわりに書いてあげられるのに。不幸な生い立ち、数奇な人生を書かないなんて、なんてもったいないの。こんなすごい材料を書かないなんて、なんてもったいない……年下の女性を前に、熱く語る宮尾の声を聞いたような気がする。特殊な家の、家の中の不幸というのは、日本の女たちの大好物なのだということを、宮尾は知っていたのだ。

新潮社の編集者、斎藤暁子は語る。

文末に「随時掲載『わたしの文学的回想録』1」と記された宮尾の絶筆は、『新潮』平成二十五年七月号に載った「柝の音の消えるまで――追悼市川団十郎丈」である。この原稿は実は、口述筆記をまとめた原稿に、宮尾が手を入れたものであったという。これを読んだ者は、八十代の宮尾がまだまだしっかりとした文を書けると安堵(あんど)したのであるが、実は違っていたのである。

「先生は私に、まだ書きたいテーマが五つぐらいあるとおっしゃっていました。その中でもいちばん書きたがっていたのは……」

私も聞いたことがある。

斎藤はこの口述筆記で面会した際、十五枚ほどの草稿を宮尾から渡されている。

「いただいたタイトルは『続・仁淀川』となっていました。分量も少ないし、結局、誌面には掲載できませんでしたが……」

面会から約二年後、宮尾は八十八年の人生を終える。結局『続・仁淀川』は書かれることがなかった。それは前田薫と、宮尾雅夫が生きているうちは書くことができないと言っていたものだ。綾子が作家としてスタートするはずの物語であった。

そして宮尾の小説世界を探す、私の旅も終わりを告げようとしている。

岩伍も喜和も、綾子も、二人の夫も確かに存在していた。私は猛吾と実母の写真を見た感動はずっと忘れない。

「本当にいたんだ！」

しかし宮尾は、自分の経験や家族をそのまま書いたのではないということはすでにわかった。すべての人とことがらは、小説という惑星の中に吸い込まれ、形を変えていった。それは多くの人たちを今も魅了し続けている。昭和の時代に、いささか古めかしい彩りを持った世界と、一人の才能ある作家との奇跡のような出会いであった。宮尾があの家に生まれていたからこそ、読者の私たちの幸福はある。

本文中の年齢や肩書きなどは取材時のものです。

参考資料

【書籍】

『宮尾登美子全集』全十五巻　朝日新聞社
『母のたもと』宮尾登美子　筑摩書房
『女のこよみ』宮尾登美子　講談社
『宮尾登美子と借金二人三脚　感謝と哀惜をこめて……』可知文恵　しなね編集事務所
『宮尾登美子　遅咲きの人生』大島信三　芙蓉書房出版
『高知市史』高知市編
『高知市街地図』一九二九年
『日月金銀』楠瀬掬星　私家版
『高知県満州開拓史』高知県満州開拓史刊行会／三宮徳三郎編　土佐新聞社出版部
『無門塾　大野武夫集』大野武夫集刊行委員会
『中央公論社の八十年』中央公論社

『女流文学者会・記録』　日本女流文学者会編　中央公論新社
『高知県立文学館講演記録　流風余韻』第四集　高知県立文学館
『戦後値段史年表』　週刊朝日編　朝日新聞社

【雑誌・その他】

「倉橋由美子の結婚」『新潮』一九六五年四月号
「新人賞から四年　失敗者の記録」『別冊DELUXE女性自身』一九六六年四月
「直木三十五賞選評」『オール讀物』一九七九年四月号
「俳優さんたちとの旅」『別冊文藝春秋』一九八二年七月号
『サントリークォータリー』一九八二年九月号
宮尾登美子・五社英雄　対談『婦人公論』一九八三年十月号
「すばると私の二十五年」『すばる』一九九五年六月号
宮尾登美子・林真理子　対談『週刊朝日』一九九六年十二月二十日号
『噂の眞相』一九九八年六月号
「わが映画稼業繁盛記」　日下部五朗『小説新潮』二〇〇三年二月号
「家の履歴書」『週刊文春』二〇〇四年一月一日・八日合併号

宮尾登美子・林真理子　対談　『婦人公論』二〇〇六年四月二十二日号
宮尾登美子・檀ふみ　対談　『婦人公論』二〇〇八年八月七日号
『宮尾登美子　私の世界』『別冊家庭画報』二〇〇九年四月
「柝の音の消えるまで――追悼市川団十郎丈」『新潮』二〇一三年七月号
「自伝　梶芽衣子」『オール讀物』二〇一七年八月号
『土陽新聞』一九二四年一月一日
『土陽新聞』一九二七年一月一日
『産経新聞』一九八九年一月三十日夕刊
「世界・わが心の旅　中国・53年目の朱夏」ＮＨＫ ＢＳ2　一九九八年十二月放送
他

取材・編集協力◎佐久間文子

本書の刊行にあたっては、本文中にお名前のある方々をはじめ、多くの関係者にご協力いただきました。感謝申し上げます。（編集部）

解説 「綴る女」を綴る女

綿矢りさ

小説家という職業に就いてから「バブルのときは出版業界もお金があって、色々豪華でほんとスゴかった」という話を何度か耳にしてきた。現在よりも格段に羽振りが良かったようで、海外取材旅行の華やかさ、出版パーティーの豪華さ、雑誌が企画ページに注ぎ込んだ金額の大きさなどの話を、遠い目をした先輩作家や年上の編集者さんからよく聞いた。不況真っ盛りの氷河期後期世代としては、そんな時代のきらめきなんて想像するしかないのだが、バブルのときの話を聞くのはいつもとても楽しい。

本書で描かれる宮尾登美子さんの華やかな〝女流〟作家ぶりと、それを取り巻く出版界の賑々しさを読んでいるとき、すごく心が躍った。こういうのを読むと、ゼイタクって決していっときだけの空騒ぎではない。華やぎの余韻は思ってるよりずっと長く、後世まで残る。当時を記憶してる人たちから聞く思い出話はもちろん、古くて格式のあるホテルのパーティー会場にも、カーテンや絨毯の辺りにも、誰かの笑い声や歩き回る音が半透明のゴーストのように、賑わいの跡を残している。

現代では「なぜわざわざ冒頭につける意味がある?」とけげんに思われ、続々と取り外されている〝女流〟の冠。しかし〝女流〟作家という肩書きを、自分の誇りにして生きていた人も昔はたくさんいたと思うので、この言葉は嫌いになりきれない。確かに〝女流〟という言葉にはモヤるが、たくさんの人の思いが詰まった、重めの言霊を背負ってそうな言葉だ。本書での宮尾先生も、才気走っていて、華やかで、女流作家という言葉がぴったりな気がした。

宮尾さんが誕生日会で大振袖を着ている話が出てくる。宇野千代(うのちよ)さんも八十八歳のとき自分デザインの桜柄の大振袖を着ていた。若さや未婚女性の象徴である大振袖だからこそ、この歳で挑戦してやろうというのは、なんともアバンギャルドな感じで楽しい。「着たるで!」という気概を感じる。着物を愛しているからこそ、あえて着物の規則を破る。勇気のいることだと思うが、堂々と着てしまえば、着たもん勝ちの雰囲気になり場が盛り上がること間違いなし。生きている間にたくさんの人と関わり、人が大勢集う場所に出掛けて行く大切さを痛感した。女流文学者会についてもそうだけど、複数の人のエッセイに出てくる点が線になる。特にこういった評伝が書かれる場合、全部自分で語る自伝とは違い、他の人はその人のことをどう言ってたかが焦点になってくるので、その人が家に引きこもりっきりだと「さてあの方にはほとんど私は会ったことがございませんね」という知り合いばかりで、本が出来上がらない。コレコレのときに、こんな宮尾さんを見たという目撃談によって、また新たな視点が加わり、奥行きが出る。誰かに評伝を書いてもらいたいなら、人付き合いは普段からしとかなきゃいけないのだ。しかもただ会合に参加するだけでなく、何か後世に語り継がれるような、噂になるようなことを仕込んでおかなくてはならない。お年を召してから大振袖を着るのは、そんな視点からも大正解なのだ。

華やかで羽振りの良いイメージの宮尾さんだが、本書によると最初の夫との離婚直後くらいから、『櫂(かい)』で太宰治賞を受賞するまで、借金が原因で貧乏していた。この時代の女流作家は本当に借金返済のために書いてるなぁと驚く。家族が作った借金を返済していた女流作家、夫と起こした事業が失敗して借金をこさえた女流作家、そして謎めいた借金を人知れずこさえて（ファッション関係のものを売ろうとして失敗した？と本書は調べを進めている）借りた相手に謝罪の手紙を書き続けた宮尾さん。

自分以外の人間の借金を返した人は堂々としたものだが、自分自身が借り主だった宮尾さんは肩身が狭そうだ。しかしこそこそせずに時間をかけてでもちゃんと返したのが、筆力に繋がってるのかもしれない。火の車で背水の陣を固めてから書く、女流作家必殺の技、多額の借金！　女遊びは芸の肥やしとか以上に、借金（ギャンブルが原因でなく、やむを得ない系）には文学的才能を開花させる何かがある……！　と推理するけど実践はしたくない。下手したら、人生詰む借金をこさえるのにも、度胸が必要だ。

あと一人前の作家になる前に、家族や恋人との幸福を棄ててきた人も、大成した女流作家にはいる。善人としか呼べないような昔なじみの優しい人を振り切って魑魅魍魎の世界（文壇）に飛び込むというのが、よくある。ここら辺は現代の感覚と違うので「作家になりたいという自分の欲のために、周りの人を捨てたり苦しめたりするな」と、現代の読者から批判が上がったりする。特に母の庇護を必要とする幼子を置いて、作家になったり新しい夫と結婚したりすると、まあァなんということでしょう、ということになる。当時の日本の作家業において、家庭の幸福を捨て去ることが一種の禊のようになっていたのか、やむを得ずなのか、またそういった全ての退路を断ち悪人にもなる決意が、結果才能を磨く手段となったのかどうか分からない。借金と同じくこちらもあんまり真似したくない、手荒な文章修業方法パート2だ。でもこれについては、分からんこともないなとも思う。作家業は、現状から抜け出したい人間の受け皿にもなってたのかもしれない。

宮尾さんの作品のディープな愛読者であり、かつ宮尾さん自身とも親交のあった林さんは、ある疑問を持つ。宮尾作品はどこまでが実話なのか？と。夥しい数の人々を魅了する物語とエッセイを生み出されてきた林さんならではの疑問だ。ノンフィクションとフィクションの間、その微妙な現実と空想の違いを捉えるのは、自ら長年物語を作ってきた人の肌感覚を駆使しないと難しいだろう。自伝として事実を物語るだけでは、これほど豊穣な物語にはならないだろうという、ストーリー作家ならではの勘が働いたのではないだろうか。本書は、単なる自伝的小説を文学作品に昇華させるときの跳躍力、宮尾さんがどれくらい跳んだのかを林さんが高知まで確かめに行った記録のような側面もある。宮尾さんの著作が好きだからこそ、本当に宮尾さんの書いてきた女衒（芸妓娼妓紹介業）の実父は存在するのか高知まで探りに行った、林さんの行動が面白い。スタイル最高の美女に外見を保つ秘訣を聞いたら、

「イエイエ私は普通に飲んで食べているだけ」

という答えが返ってきたときに生まれる疑問に似た心情、というか。

存在しない町や職業、キャラクターを生み出すのは創造力の為せる技で、本来ならそれだけでもすごいことだ。しかし逆に「現実世界にモデルが存在する」体を取ることで、違う意味での凄みを物語に装着することもできる。「体験者は語る」のリアリティ、お墨付きがもらえる。書いてある文章は同じでも、現実と虚構をさ迷うビミョーなさじ加減が、その後の作品の評価を左右したりもする。

林さんが宮尾作品の中でいちばん好きだという『櫂』（新潮文庫）の背表紙には、わざわざこの題名の下に、自伝的長編と書いてある。出自に葛藤があったからこそフィクションとせずあえて自伝と銘打ったのは、作家の強さと厳しいなかを生き抜いてきた矜持のためかと思う。

高知市まで行ったのに楊梅（やまもも）が食べられなかったとき、林さんはきっととても残念だっただろう。『櫂』の冒頭の楊梅についての描写はとてもおいしそうだから。「楊梅は、土佐の海岸地方に生る特有の果実で、思わず頬を絞るほどの美味さがある代り、これほどに傷み易いものもないといわれている」と書いてある。頬を絞る、という言葉を知らなくて、ネット検索したら、頬痩せするための整形手術のページばかりが出てきて、時代を感じた。頬が絞られるのだから酸っぱいのかなと思ったけど、「甘い汁をたっぷり含んだやわらかな楊梅の実」という描写もあり、みずみずしい美味しさへの想像は膨らむばかりだ。

『櫂』には高知市緑町の悲喜こもごもの賑やかさ、食や生活費のこまごまとした生活感、そして富田家の家族と、そこを出入りする面々の個性の豊かさが緻密に描かれている。先ほどの〝宮尾作品はどこまでが実話なのか？〟問題だが、『櫂』に出てくる高知市緑町の裏側にある（とされる）赤貧の裏長屋で「本物の貧乏」を目撃したのは、多分リアル体験談だったんだろうなと思う。光景を目にしたときのショックが、描写から生き生きと伝わるからだ。元々苦しい暮らしぶりのなか、スペイン風邪の流行がさらに悲惨な結果をもたらした長屋での生活の極貧に、主人公は「私はいままで本当の貧乏というものは知らなかった」と思い知る。長屋の家があまりに狭く、トイレの場所と煮炊きしてる鍋の場所が近すぎて、飛び散った小便が鍋に混入する描写が出てくるのだが、そこが異様に詳しい。女児の人権を守るのが大事でも、貧困はきれいごとだけではどうにもならないと、読者に納得させる圧倒的な筆力で描いている。コロナが流行している今読むと、シンパシーを感じると同時に、昔は伝染病を防ぐ術(すべ)が本当になかったんだな、気の毒だなと痛感する。

売春で貧乏から抜け出すことは女の子にとっても、その家族にとっても助けになる、と分かっていながらも、どうしても割りきれなかった宮尾さんの心情は、現代の感覚からすれば全然間違いじゃなくて、というか普通で、今なら大多数の賛同者が集まるだろう。

今と昔とでは価値観がまるで違う。野蛮な時代の野蛮さに全力で抵抗することの大変さは、想像に難くない。女の子を売る親への嫌悪、紹介業をしている父への許せない思いが、結果的に物語を作る桁違いのパワーを育んだのかもしれない。

しかし宮尾作品もそうだが、幼少期〝だけ〟裕福だった（その後波瀾万丈）という女性の物語に、なぜこんなワクワクしてしまうのかは永遠の謎だ。昔お姫様のようにちやほやされた女の子が、戦争やら何やらあってすっかり変ってしまい、極貧でもなんとかやりくりするために、額に青筋立てて誰かをひっぱたくようになったり、子どものころなら当然残飯として捨ててたような芋の切れ端を泥だらけの顔で貪り食ったりするようになると、途端に物語は精彩を増す。あれは何なんだろう、このフェーズに入った途端、血湧き肉躍る。現実でのこんな状況は自分でも他人でも悲惨すぎてご免なのに、物語となると読んでいる側もサバイバル能力がかきたてられて、自分ならこうすると思ったり、なりふり構わない主人公に他の読書体験よりも何倍も濃い親近感を覚えたりする。

こんな風に宮尾さんの歩んできた人生について色々想像がふくらむのは、本書が格段に読みやすく、それでいて知りたいポイントを的確に押さえていたからだと思う。

本書の、褒め言葉で麻酔しつつも深部にメスで切り込んでいく文章に、理解するために眉間に皺を寄せなければいけないストレスは、ほぼゼロだ。林さんの筆運びの明快さは、なんでも小難しく言うことが知性ではないんだと気付かせてくれる。

宮尾さんも林さんも、自分の経験や調べものを糧にして、さらにどんなことを書けば読者が喜ぶかも算段に入れた上で物語を紡げる能力がある。もちろん誰もができることじゃない。この〝面白みを嗅ぎつける才能〟が共通していたからこそ、お二人は話が合ったし、林さんもまるで幽体離脱して宮尾さんの人生に重なるようにして本書を書いたのかもしれない。実在する人や場所をフィクションに組み込むことを、暗黙でお互いに許し合ってるような感じもする、不思議な関係だ。この二人の出会いはただの偶然ではなく、指をパチンと鳴らせば始まるマジックのように、あらかじめ仕組まれた運命なのかもしれない。

お二人の持つ、社会の格差を見つめるシビアな視線の鋭さは共通している。豊かな物に囲まれて幸せに暮らしている人のすぐ隣で、何にも満たされずに泣いている人がいること、そして世の変遷や本人の努力によって、いつか立場が逆転するという可能性も、見逃さない。その時代にしか生まれないマーブル模様の色彩の渦の中心に、可能な限り顔を近づけて、全部見ようとする。そんな度胸のある人だけが人間社会の本質を書くことができるんだろう。

（わたや・りさ　作家）

初　出　『婦人公論』二〇一七年二月十四日号〜二〇一八年二月二十七日号
単行本　『綴る女　評伝・宮尾登美子』二〇二〇年二月　中央公論新社

中公文庫

綴る女
——評伝・宮尾登美子

2023年2月25日　初版発行

著　者　林 真理子

発行者　安 部 順 一

発行所　中央公論新社
〒100-8152　東京都千代田区大手町1-7-1
電話　販売 03-5299-1730　編集 03-5299-1890
URL https://www.chuko.co.jp/

DTP　ハンズ・ミケ
印　刷　大日本印刷
製　本　大日本印刷

Published by CHUOKORON-SHINSHA, INC.
Printed in Japan　ISBN978-4-12-207327-2 C1195

中公文庫既刊より

各書目の下段の数字はＩＳＢＮコードです。978－4－12が省略してあります。

は-45-1 白蓮れんれん 林 真理子
天皇の従妹にして炭鉱王に再嫁した歌人柳原白蓮。彼女の運命を変えた帝大生宮崎龍介との往復書簡七百余通から甦る、大正の恋物語。〈解説〉瀬戸内寂聴
203255-2

は-45-3 花 林 真理子
芸者だった祖母と母、二人に心を閉ざしキャリアウーマンとして多忙な日々を送る知華子。大正から現代へ、哀しい運命を背負った美貌の女三代の血脈の物語。
204530-9

は-45-4 ファニーフェイスの死 林 真理子
ファッションという虚飾の世界で短い青春を燃やし尽くすように生きた女たち――去りゆく六〇年代の神話的熱狂とその果ての悲劇を鮮烈に描く傑作長篇。
204610-8

は-45-5 もっと塩味を！ 林 真理子
美佐子は裕福だが平凡な主婦の座を捨てて、天性の味覚だけを頼りにめくるめくフランス料理の世界に身を投じるが……。ミシュランに賭けた女の人生を描く。
205530-8

は-45-6 新装版 強運な女になる 林 真理子
強くなることの犠牲を払ってきた女だけがオーラを持てる。ぴかりと光る存在になるために運気を貯金しよう――。時代を超えて愛読される「女のバイブル」。
206841-4

み-18-4 陽暉楼（ようきろう） 宮尾登美子
土佐随一の芸妓房子が初めて知った恋心ゆえに、華やかな人生舞台から倖薄い、哀れな末路をたどる悲愴な若き生涯を描く感動の長篇。〈解説〉磯田光一
200666-9

み-18-6 序の舞（全） 宮尾登美子
幼い頃から画才を発揮した島村津也は、きびしい修業生活ののち、新進画家となる。一流の画家として女として、愛と芸術に身を捧げた津也の生涯を描く。
201184-7

み-18-8
櫂（全）
宮尾登美子
大正から昭和にかけての高知を舞台に、芸妓紹介業の岩伍の許に十五歳で嫁いだ喜和が意地と忍苦に生きた波瀾と感動の半生を描く。〈解説〉宇野千代
201699-6

み-18-9
寒椿
宮尾登美子
戦争という苛酷な運命を背景に、金と男と意地が相手の稼業に身を投じた四人の女がたどる哀しくも勁い愛の生涯を描く傑作長篇小説。〈解説〉梅原稜子
202112-9

み-18-11
蔵（上）
宮尾登美子
雪国新潟の蔵元に生まれた娘・烈。家族の愛情を受け成長した烈には、失明という苛酷な運命が待っていた。烈と家族の苦悩と愛憎の軌跡を刻む渾身の長篇。
202359-8

み-18-12
蔵（下）
宮尾登美子
打ち続く不幸に酒造りへの意欲を失った父にかわり、女ながらに蔵元を継いだ烈。蔵元再興に賭けた彼女の波瀾に満ちた半生を描く。〈解説〉林真理子
202360-4

み-18-13
伽羅（きゃら）の香
宮尾登美子
山林王の娘として育った葵は幸福な結婚生活も束の間、次々と不幸に襲われた。失意の葵は、香道の復興という大事業に一身を献げる。〈解説〉阿井景子
202641-4

み-18-14
鬼龍院花子の生涯
宮尾登美子
鬼政こと鬼龍院政五郎は高知に男稼業の看板を掲げ、相撲興行や労働争議で男をうる。鬼政をめぐる女たちと男達の世界を描いた傑作。〈解説〉安宅夏夫
203034-3

み-18-16
菊亭八百善の人びと（上）
宮尾登美子
江戸料理の老舗・八百善に戦後まもなく嫁いだ深川育ちの汀子は江戸風流の味を蘇らせるべく店の再興に奮闘する。相次ぐ困難に立ち向う姿を描く前篇。
204175-2

み-18-17
菊亭八百善の人びと（下）
宮尾登美子
再興なった老舗・八百善の経営は苦しく、店で働く人々との関わり合いに悩みつつ汀子は明るく努めるが。消えゆく江戸文化への哀惜をこめて描く後篇。
204176-9

各書目の下段の数字はISBNコードです。978 - 4 - 12が省略してあります。

み-18-18
錦
宮尾登美子
西陣の呉服商・菱村吉蔵は斬新な織物を開発し高い評価を得る。さらに法隆寺の錦の復元に成功し、織物を芸術へと昇華させるが……絢爛たる錦に魅入られた男の生涯を描く。
205558-2

せ-1-6
寂聴 般若心経 生きるとは
瀬戸内寂聴
仏の教えを二六六文字に凝縮した「般若心経」の神髄を自らの半生と重ね合せて説き明かし、生きてゆく心の拠り所をやさしく語りかける、最良の仏教入門。
201843-3

せ-1-8
寂聴 観音経 愛とは
瀬戸内寂聴
日本人の心に深く親しまれている観音さま。人生の悩みと苦難を全て救って下さると説く観音経を、自らの人生体験に重ねた易しい語りかけで解説する。
202084-9

せ-1-9
花に問え
瀬戸内寂聴
孤独と漂泊に生きた一遍上人の俤を追いつつ、男女の愛執からの無限の自由を求める京の若女将・美緒の心の旅。谷崎潤一郎賞受賞作。〈解説〉岩橋邦枝
202153-2

せ-1-12
草 筏
瀬戸内寂聴
愛した人たちは逝き、その声のみが耳に親しい――。一方血縁につながる若者の生命のみずみずしさ。自らの愛と生を深く見つめる長篇。〈解説〉林真理子
203081-7

せ-1-16
小説家の内緒話
瀬戸内寂聴
山田詠美
読者から絶大な支持を受け、小説の可能性に挑戦し続ける二人の作家の顔合わせがついに実現。「私小説」「死」「女と男」について、縦横に語りあう。
204471-5

や-65-1
賢者の愛
山田詠美
想い人の諒一を奪った百合。復讐に燃える真由子は、二人の息子・直巳を手に入れると決意する――。『痴人の愛』に真っ向から挑む恋愛長篇。〈解説〉柚木麻子
206507-9

や-65-3
つみびと
山田詠美
灼熱の夏、彼女はなぜ幼な子二人を置き去りにしたのか。追い詰められた母親、痛ましいネグレクト死。圧巻の筆致で事件の深層を探る、迫真の長編小説。
207117-9